CINQUIÈME CHRONIQUE DU RÈGNE DE NICOLAS Ier

Né à Paris en 1946, journaliste cofondateur d'*Actuel*, Patrick Rambaud a publié une trentaine de livres, notamment des parodies littéraires qui ont connu un grand succès. Il a obtenu le Grand Prix du roman de l'Académie française et le prix Goncourt en 1997 pour *La Bataille*.

Paru dans Le Livre de Poche :

L'ABSENT

LA BATAILLE

LE CHAT BOTTÉ

CHRONIQUE DU RÈGNE DE NICOLAS Ier

DEUXIÈME CHRONIQUE DU RÈGNE DE NICOLAS Ier

TROISIÈME CHRONIQUE DU RÈGNE DE NICOLAS Ier

QUATRIÈME CHRONIQUE DU RÈGNE DE NICOLAS Ier

L'IDIOT DU VILLAGE

IL NEIGEAIT

PATRICK RAMBAUD

de l'académie Goncourt

Cinquième chronique du règne de Nicolas Ier

GRASSET

ISBN : 978-2-253-17494-3 – 1re publication LGF

à Tieu Hong,

au président Hô Chi Minh
qui avait de la constance,

à M. Fellini
qui aimait tant le cirque.

« César, prends garde à Brutus. Méfie-toi de Cassius. Ne t'approche pas de Casca. Aie l'œil sur Cinna. Ne crois pas Trebonius. Surveille Metellus Cimber. Decius Brutus ne t'aime pas. Tu as offensé Caïus Ligarius. Chez tous ces hommes il n'y a qu'une pensée, et elle est dirigée contre César. Si tu n'es pas immortel, prends garde à toi... »

William SHAKESPEARE,
Jules César, II 3

ADRESSE À NOTRE DÉPRIMANTE MAJESTÉ AFIN QU'ELLE PRENNE SES DISPOSITIONS ET LA PORTE

Incommensurable Seigneur, voyez avec clarté les choses comme elles sont, jusqu'à quels excès, quels malheurs, quels périls vous ont poussé votre penchant naturel, la satisfaction de vous-même. Gémissez-en utilement, courageusement, et sauvez votre Etat en embrassant, par une pénitence également juste, le remède unique à tant de calamités présentes et à venir : *dégagez, Sire.*

Chapitre Premier

Le Buisson ardent. – Batailles de Saint-Aignan et de La Villeneuve. – Admirable discours à Grenoble. – Croquis de Romanichels. – La circulaire Hortefouille. – Hostilité unanime, même du pape. – Le duc de Nice et le baron Ciotti font du zèle. – Ministres en barbecue. – Le rendez-vous de Brégançon.

Le Prince changeait souvent d'opinion car il n'en possédait point en propre ; par cela, qu'il appelait pragmatisme pour se dédouaner d'une pareille absence, il désarçonnait le peuple comme ses courtisans. Notre Verbeux Leader tonnait le lundi contre une finance qu'il dépensait le mardi à des futilités, et il oscillait sans souci entre les extrémités de la gauche et de la droite. Les faits divers des gazettes, sur quoi il aimait à se modeler, lui apportaient sa moisson quotidienne de mesures à prendre sans réfléchir, des larmoiements faciles, des discours sans suite. Il naviguait dans le courant des circonstances, par nature changeantes, ce qui le rendait *moderne* puisque l'époque avait perdu toute mémoire, tout horizon, toute vérité, et qu'on n'y vivait plus qu'une rapide succession d'instants qui se détruisaient.

A douze mois de sa perte de connaissance, brève, dans le parc de Versailles, Notre Prince Vigoureux exposa pour rassurer le public des analyses qu'il avait commandées à l'hôpital du Val-de-Grâce, lesquelles étaient fort satisfaisantes, autant que pendant des années celles du roi Mitterrand mortellement malade. « Il déborde d'énergie », commenta le général baron de Vedjian soucieux de revenir aux affaires. Voici en effet Sa Majesté qui prouva sa brillante forme au col du Tourmalet, dans une voiture-balai du Tour de France. M. Woerth, duc de Chantilly, avait tenté la même équipée mais il avait été vertement sifflé par des badauds, englué comme un cormoran dans le goudron par ce que d'aucuns avaient nommé *l'affaire Bettencourt* dont nous avons précédemment parlé, quand sa vie privée et sa vie publique, sans qu'il s'en aperçût, s'étaient entrechoquées jusqu'à la faute. Le baron Bertrand, rond et suant, pour voir passer le même peloton déshydraté, avait mis des lunettes noires et s'était posté près des vespasiennes. Eh bien, à leur contraire, Notre Prince se montra, salua, fut loquace ; après un couplet moral contre l'affreuseté du dopage, il tartina un hommage à M. Armstrong, sorti vainqueur de sept Tours de France et d'un cancer de la selle. « C'est une leçon de vie ! » lança-t-il ; quand on lui fit remarquer qu'il avait déjà prononcé les mêmes mots au même endroit, l'an passé, et que ce M. Armstrong faisait en Amérique l'objet d'une enquête sur sa pratique des dopants, Sa Majesté répliqua tout de go : « Je parle de l'homme, pas du sportif. » Ses proches ne comprirent point le distinguo.

Toutefois, vers le mitan de l'été, Notre Frivole Monarque fut conforté par des événements dont il sut jouer et profiter avant de partir en vacances chez sa belle-mère ; près de Blois et près de Grenoble il y eut de fortes émeutes qui l'insupportèrent.

Le Prince n'écouta point les paroles de raison prononcées autrefois par M. Machiavel, lequel avait étudié les obstacles rencontrés par qui gouvernait les hommes : « Prévoyant de loin les maux qui naissent, ce qui n'est donné qu'au sage, on y remédie vite. Mais quand, pour ne pas les avoir vus, on les laisse croître assez pour que chacun les voie, il n'est pas de remède. » Tournant le dos à ces conseils éprouvés, désireux de ne rien voir venir, Notre Trépidant Tyranneau préféra une fois encore se tourner vers l'abbé Buisson. Cet abbé était un homme de l'ombre qui avait l'oreille du Prince. Sous son crâne lisse comme un œuf de cane se lovait une vipère ; tentateur et démoniaque, dans sa veste en cuir noir, avec une tournure de potard et un visage de poupon usé, il figurait en mauvais génie. Le père Buisson connaissait à l'intime cette frange excessive du peuple vers quoi il poussait Notre Versatile Majesté ; il avait une culture solide mais orientée à tribord ; dès le berceau il avait mariné dans la droite des ultras, chantant les écrits de M. Maurras, l'Algérie française et la messe en latin. L'abbé attendait le soir pour venir au Château, grimpait à l'étage par un escalier secret et, sortant d'une bibliothèque de faux livres qui coulissait, parvenait près du Monarque dans un bureau aux volets clos. Là il lui livrait l'opinion des Français que mesuraient ses services pour un traitement assez rondelet. Ainsi souffla-t-il au Souverain Ravi son éternelle stratégie : « Il faut une crise et un chef. La crise, nous y sommes, car il y en a toujours une depuis des lustres, et le chef c'est toi. Va parler aux mécontents de leur sécurité, joue sur les émeutes récentes, trouve des coupables à dénoncer, il en faut toujours pour simplifier la réalité. La sécurité, voilà ton point fort. Parle des étrangers qui nous submergent et cassent tout, oublie qu'ils rapportent douze milliards par an aux caisses de l'Etat, peins-les en sombre, mélange tout cela comme dans un shaker et frappe ! »

Le Prince se porta avec joie dans cet immédiat simplet parce que la superficie des choses lui convenait et qu'il saurait flatter le gros de sa basse-cour impériale, les vieux, les ouvriers d'une industrie morte, les inquiets qui l'avaient en effet monté sur le trône, que le malin M. Le Pen charmait et qu'il devait reconquérir. L'occasion avait donc jailli dans les provinces.

A Saint-Aignan, tranquille bourgade du Loir-et-Cher, une cinquantaine de furieux s'étaient élancés à l'assaut de la gendarmerie ; ils avaient arraché les lettres noires de l'enseigne, coupé à la tronçonneuse des tilleuls de la place, pillé une boulangerie en se bourrant les poches de pains au chocolat et de tartelettes, mis à bas quelques feux rouges ; nombre d'entre eux portaient des cagoules pour que leurs voisins ne les reconnussent point, et des lance-pierres avec lesquels ils chassaient les moineaux. On put assister à la bataille sur des fenestrons prévenus à temps par les rebelles, et les plus bravaches continuèrent à éclater des vitrines devant les caméras. Par aubaine pour Sa Majesté, les insurgés appartenaient aux gens du voyage, même s'ils ne voyageaient guère ; journaliers agricoles, ferrailleurs ou marchands de boudin sur les marchés ambulants, ils vivaient dans la région depuis un demi-siècle, ils y avaient planté leurs caravanes et leur cimetière. Maintenant, ils enrageaient. On avait trop vite jugé accidentelle la mort d'un des leurs, Luigi Duquenet, jeune père de famille et forçat évadé qui avait dérobé vingt euros à un quidam, devant un distributeur automatique de billets, juste pour boire un demi au bistrot d'en face. Sitôt dénoncé par un citoyen estimable, il prit la poudre d'escampette dans une ancienne Renault, fut pourchassé par les gendarmes, força un barrage sommaire, bouscula un agent cramponné au capot, le traîna sur la chaussée et reçut à la fin une balle qui le tua net.

Presque en même temps, à La Villeneuve, banlieue naguère souriante de Grenoble, Karim Boudouda fut abattu par la police sur le trottoir après un échange de tirs. Ce jeune homme tenait en main un pistolet mitrailleur Uzi fraîchement arrivé de Serbie, car il venait de participer au braquage du casino d'Uriage pour financer ses vacances. S'ensuivirent trois jours de violences continues. Les coups de feu des desperados venaient des immeubles. Des policiers d'élite en armures spectaculaires furent harcelés, et des tramways caillassés. On appela La Villeneuve Chicago-sur-Isère. A l'origine il y avait des arbres, des ruelles piétonnes, des coursives, un lac, un parc tondu de près, un marché, des écoles et des piscines. Cette cité des années soixante illustrait une fraternité modèle où se côtoyaient l'ingénieur, l'universitaire et l'ouvrier. Tout s'y passait dans la meilleure des utopies possible, mais, avec le temps, des immigrés qu'on écartait du centre de Grenoble profitèrent de ce grand air au pied des Alpes ; puis ce fut le chômage, et la pauvreté qui inventa comme dans toutes nos banlieues le trafic et les bandes. Il y eut des Arabes, des Italiens, et des Manouches au quartier de l'Abbaye. Les bars se multiplièrent, comme le racket et la prostitution. Dix tonnes de cannabis s'échangeaient par an, et la coke plus lucrative. En excellente logique on vit sortir des fusils armés de balles à sanglier. Les revendeurs s'entre-tuaient. Ces voyous terrorisaient La Villeneuve.

M. d'Hortefouille, prince de Beauvau, déploya trois cents gendarmes pour quadriller la vallée du Cher. Il se rendit à Saint-Aignan que survolaient des hélicoptères équipés de caméras thermiques. M. d'Hortefouille visita en connaisseur un salon de coiffure dévasté et un lavomatic en miettes ; il rassura la population échauffée : il était venu pour la protéger. Il félicita les gendarmes quand certains experts en balistique doutaient de la légitime défense. A La Villeneuve, M. d'Hortefouille ne resta que dix minutes pour expliquer qu'il allait rétablir l'ordre public par des opérations coup de poing, mais il fallut d'abord protéger les policiers de Grenoble menacés de mort par les gangs qui maniaient habilement le lance-roquette : les plaques minéralogiques des fonctionnaires avaient été taguées sur les murs.

Notre Ferme Leader intervint alors en majesté.

Il mit en application la tactique périlleuse de l'abbé Buisson et voulut que les Préfets ne s'occupassent qu'à maintenir l'ordre au détriment de leurs tâches sociales. En avril, déjà, le Prince avait nommé le policier Lambert pour remplacer le Préfet civil de Seine-Saint-Denis, une région violente qu'il s'agissait de mater, ceci dans l'unique but de récupérer les électeurs fugitifs du Parti impérial. Au lendemain du western de La Villeneuve il nomma le policier Le Douaron à la place du Préfet pourtant efficace de l'Isère ; ce dur connaissait les opérations musclées ; il devait poursuivre contre les bandits cette offensive entamée au clairon huit ans plus tôt par Sa Majesté, et qui piétinait. Avec un lourd sens du théâtre, le Prince concentrait ses brigades d'élite dès qu'un incident paraissait dans les gazettes, mais en même temps il fermait des commissariats et réduisait les effectifs. Il fallait donner la force en spectacle. C'était la performance contre la vigilance, l'urgence contre le quotidien, et l'on vit des gendarmes désabusés, naguère notables locaux, qui se retrouvaient la nuit à deux pour assurer la sécurité de dix mille citoyens dans des locaux dégradés.

Notre Misérable Prince se déplaça en grande pompe à Grenoble afin d'installer son nouveau Préfet en uniforme et casquette dorée. Il se livra à une mirifique surenchère de mots à propos de la sécurité dont il se gargarisait mais qu'il n'avait jamais su maîtriser, et, pour la première fois, il établit un lien direct quoique fumeux entre la délinquance et l'immigration.

Notre Intense Monarque, à la tribune en début d'après-midi, tricota ses vieux thèmes comme s'il les découvrait. Il déclara la *guerre* aux truands du Dauphiné et d'ailleurs, comme le 27 juin 2002 : « Nous allons gagner la *guerre* contre l'insécurité » ; comme le 8 février 2008 : « Dès demain, c'est une *guerre* sans merci qui sera engagée à l'endroit des trafics et des trafiquants » ; comme le 17 mars 2009 : « Nous déclarons la *guerre* aux bandes violentes » ; comme le 26 mai 2010 : « La France s'est engagée dans une *guerre* sans merci contre la criminalité. » Puis le Prince broda à l'égard des clandestins l'un de ces dictons dont M. Pierre Dac était friand : « Une situation irrégulière ne peut conférer plus de droits qu'une situation régulière », se moquant de la fausse générosité du Parti social, son ennemi, qui préférait discuter avant de matraquer. Il s'attaqua ensuite aux immigrés, légaux et illégaux, pour les menacer : « On doit pouvoir retirer la nationalité française à toute personne d'origine étrangère qui aurait volontairement porté atteinte à la vie d'un policier, ou d'un militaire de la gendarmerie, ou de toute personne dépositaire de l'autorité publique. » Un Algérien de la deuxième génération pouvait donc trucider un pharmacien pour une poignée de seringues et rester français. Notre Oublieux Potentat renouait ainsi avec une mesure du seul régime de Vichy, lequel supprima d'un coup de tampon la nationalité à quinze mille personnes, en majorité des juifs. « Nullement, protesta Sa Majesté. Je parle que des immigrés et d'leurs enfants ! » Et si ces derniers étaient nés en France ? « Ça s'mérite ! » dit-il avec arrogance ; grâce aux flibustiers de Saint-Aignan, il put souligner « les problèmes que posent les comportements de certains parmi les gens du voyage et les Romanichels ».

En ficelant dans une même condamnation des étrangers et des forains, coupables de semer le trouble,

Notre Luminescent Souverain instituait *de facto* deux catégories de citoyens. Les uns descendaient en ligne droite des Gallo-Romains et assimilés, les autres des Barbares qui posaient n'importe où leurs tentes, des envahisseurs, des sournois, des rien du tout, des chapardeurs, des gangsters qu'il fallait anéantir ou chasser. Les premiers vivaient en mobil home sur des terrains communaux prévus pour les parquer, les seconds dans des bidonvilles. Les premiers étaient français sur leurs papiers d'identité, les seconds venaient de Roumanie ou de Bulgarie, ils étaient européens, passaient les frontières comme bon leur semblait. Les premiers étaient environ quatre cent mille, les seconds vingt fois moins, dont une centaine de clandestins. Pour polir cet amalgame, Notre Explosive Majesté avait potassé les ouvrages pressés dans la bibliothèque du chevalier de Guaino, son porte-plume et son souffleur qui le vernissait de culture. Le Prince avait donc feuilleté les albums qui narraient les aventures de MM. Tintin et Spirou pour nourrir son esprit. Dans *Il y a un sorcier à Champignac*, il vit un paysan furieux de constater que son cochon était bleu à pois noirs, un autre que sa vache avait dans la nuit perdu vingt kilos. « C'est le sorcier ! » Et les villageois, armés de gourdins et de fourches, partirent en meute près de la roulotte du Romanichel malingre arrivé la veille : « En prison ! Sorcier ! Sorcier ! » Le maire les suivait : « Je vous arrête, vagabond ! » Au fil de l'histoire, M. Spirou parvint à sauver l'innocent, puisque c'était le monsieur du château qui se livrait à de curieuses expériences en cultivant des champignons. Dans *Les Bijoux de la Castafiore*, dès le début, on découvrait des roulottes au bord d'un champ d'épandage. « Des Romanichels ! » dit M. Tintin. « Aucun sens de l'hygiène ces zouaves-là ! Inouï ! » dit le capitaine qui, ému par ces malheureux, leur offre une belle pâture près du château de Moulinsart. Lorsque quarante pages plus loin, l'émeraude du maharadjah de Gopal est volée à la Castafiore, on accuse les Romanichels. Les Dupondt ne sont pas dupes : « Les voilà, les coupables ! Ça ne fait pas l'ombre d'un doute ! — Mais quelles preuves avez-vous ? demande M. Tintin. — Ce sont tous des voleurs ! » répond un Dupont. La Castafiore, qui chante pourtant *La Pie voleuse*, saura plus tard que ses bijoux ont été retrouvés dans le nid d'une pie, avec des éclats de verre, une bille d'agate et un monocle.

Sa Majesté portait les préjugés du commun. Les coupables étaient par nature les plus faibles. On savait, bien sûr, qu'à Montbéliard, des jeunes Romanichels dévalisaient des pavillons, ou que boulevard Barbès, à Paris, un gang de Bagnolet amenait en Mercedes ses petites voleuses au pied de Montmartre, et qu'elles dévalisaient les touristes japonais, comme dans le métro où, malgré deux mille cinq cents interpellations, il fallait relâcher ces gosses éduquées à la rapine ; trop petites pour la prison mais la main leste et plongeante des pickpockets, elles reprenaient leur infâme commerce dès leur sortie de cage. Il y eut des battues comme pour les loups, des campements défaits, des renvois par aéronef. Aidé par l'odieuse renommée de ces gens venus de l'Est, Gitans, Tziganes, Manouches, Bohémiens, Romanichels, jetés dans le même sac, Sa Majesté réagissait à la pouillerie ainsi que cette mijaurée de Félicie, dans *Diloy le chemineau* de la comtesse de Ségur : « Je ne veux pas qu'un paysan me touche ! Laissez-moi, malpropre, grossier, dégoûtant ! » Notre Roublard Souverain crut la partie emportée en accusant une communauté entière, dont on ne voulait nulle part et qui n'avait guère de défenseurs.

Il nous servit ce syllogisme impérial mais tordu qui ne souffrait aucune contradiction :

- Tous les Romanichels sont des immigrants,
- Or les Romanichels sont des délinquants,
- Donc tous les immigrants sont des délinquants.

Sitôt entendus les vœux de son maître, M. d'Hortefouille s'employa à décalquer ses propos, qu'il avait tenus en ce mois de juillet : « J'ai demandé au ministre de l'Intérieur, Prince de Beauvau, mon fidèle Hortefouille, de mettre un terme à l'implantation sauvages des camps de Romanichels. Dans trois mois, la moitié en aura disparu. » Hortefouille fit ainsi envoyer aux Préfets une circulaire pour leur demander d'engager « une démarche systématique de démantèlement des camps illicites, *en priorité ceux des Romanichels* ». Une gazette nantaise publia cette consigne outrancière.

Au Château, confronté dès lors aux critiques vertueuses qui sourdaient de partout, Notre Turgescent Despote faillit s'étouffer :

— Alors là c'est l'pompon ! Comment qu'on peut être imprudent comme ça ? Maintenant, faut couvrir ! L'problème, c'est pas not'politique, c'est ces dérapages qui l'accompagnent ! L'objectif, enfin, c'est d'choper des voix à la droite extrême, pas d's'aligner sur elle !

— Certainement, Sire, renchérit le cardinal de Guéant. Défendons le fond de cette circulaire et maudissons sa forme malencontreuse. Que notre électorat soit satisfait.

Le rédacteur malhabile de la circulaire ne fut point blâmé, car il avait rédigé la première mouture de l'admirable discours que Sa Majesté avait prononcé à Grenoble. Le chevalier de Tandonnet était même conseiller du Prince pour les deux notions contestées, puisqu'il se mêlait à la fois d'Immigration et de Sécurité qu'il liait serré par conviction. Il avait d'ailleurs établi dans un livre que deux France s'observaient avant de s'étriper, celle d'implantation ancienne et l'autre, de couleur, plus récente ; d'un côté les délinquants et de l'autre l'ordre. L'homme avait été assez farce pour glisser dans une allocution lue par M. d'Hortefouille une phrase, écrite en 1912, par la référence principale du père Buisson, M. Charles Maurras : « La France n'est pas un terrain vague. » Ce patriote modèle à barbe pointue, qui inspirait les ultra-nationaux, avait ajouté : « Nous ne sommes pas des bohémiens nés par hasard au bord du chemin. » Il fallut néanmoins réparer en hâte les dégâts, et gommer judicieusement les mots qui désignaient les seuls Romanichels, mais cette rustine n'empêcha point les indignations de rester vives.

Notre Leader Enflammé devenait chez les étrangers un indécrottable xénophobe, lequel flanquait au panier sans remords l'égalité républicaine. *La Vanguardia* de Barcelone titrait : « La France est-elle un pays raciste ? » A Londres on notait finement que dans le palmarès des personnalités favorites des Français, sept parmi les dix premières étaient d'origine étrangère. Pour le *New York Times*, Sa Majesté attisait dangereusement les sentiments hostiles aux immigrés pour satisfaire des objectifs politiques à court terme ; et de se moquer d'un Nicolas Ier dont le père était hongrois et la femme italienne. Dans la *Süddeutsche Zeitung*, un gazetier remarquait que Notre Prince Exalté multipliait les gesticulations, « croyant faire montre de force alors qu'il révélait sa faiblesse ». Selon un comité des Nations unies, les méthodes dures ne contribuaient point à réduire le racisme, et même des pays peu réputés pour leur douceur protestaient, comme la Russie, l'Algérie ou la Roumanie. L'Europe eut des mots très cassants, nous allions à un fracas diplomatique, mais, pour ne pas déplaire au Prince, à la longue elle se déroba et adoucit ses critiques. Un franciscain de quatre-vingt-six ans débuta un jeûne devant l'Assemblée nationale en expliquant : « La violation de la dignité humaine heurte profondément notre conscience. » L'archevêque de Paris dénonça le cirque sécuritaire, et le Vatican se leva contre les expulsions en masse de ces gens qui processionnaient à Lourdes ou aux Saintes-Maries-de-la-Mer. Le pape Benoît venait de recevoir deux mille Romanichels qui chantaient : « Nous sommes les fleurs de ce monde mais on nous piétine, on nous maltraite et on nous tue. » A Mons-en-Barœul, un prêtre septuagénaire pria pour que Nicolas Ier mourût d'une crise cardiaque.

Du cap Nègre où il grignotait des pizzas au soleil, le Prince téléphonait chaque jour à M. d'Hortefouille afin qu'il accélérât ses expulsions avec un maximum de réclame et d'images lourdes. L'autre obéissait sans poser de questions, pareillement qu'à l'école, autrefois, quand il avait été ébloui par la vitalité de Notre Electrique Potentat. Ainsi qu'en Italie, aux Pays-Bas, en Suisse, il suivait la démarche cadencée des extrêmes droites que le Haut-Commissariat aux Droits de l'Homme jugeait préoccupantes et discriminatoires, tandis qu'un groupe rock de Bucarest, Vama, entonnait *Sarkozy versus Gypsy* avec une fanfare et des danseuses pour dépeindre l'infâme situation : « Si tous les Romanichels étaient des voleurs, alors la tour Eiffel disparaîtrait. » M. d'Hortefouille prenait cela au premier degré, persuadé que la ferraille de la Tour allait finir en porte-clés ou en ouvre-bouteilles ; il redoublait de dureté pour justifier la confiance que Notre Rageur Souverain mettait en lui. Il déclarait en rosissant de fierté, ou n'était-ce que cette particulière couperose des rouquins : « Vingt-huit campements illicites ont été évacués, et neuf cent soixante-dix-sept Romanichels raccompagnés ! » Il ne disait pas expulsés, trop brutal à l'oreille, qui pouvait éloigner les catholiques et les modérés, mais ces malheureux on les raccompagnait chez eux où ils vivaient si mal, on leur offrait le voyage, on leur donnait même trois cents euros par adulte, et cent par enfant, ce qui valait bien un salaire moyen en Roumanie, ce pays qui les regardait en biais ; des paramilitaires au crâne ras, en uniforme noir, armés de haches et de fouets, tenant en laisse des chiens aux canines féroces, patrouillaient contre les Romanichels en Hongrie ; ils ne croyaient pas à la bonne aventure que leur proposaient les femmes en fichus et robes fleuris, s'ils montraient leur paume c'était pour les coups ; ils réclamaient le port d'arme afin d'achever ces bouseux. Pendant sa campagne impériale qui fut victorieuse, en 2007, le Prince avait vanté ses origines métèques avec fierté : « Je viens du bas. Vu des élites, moi j'fais enfant des quartiers », il voulait dire des beaux quartiers, quand même, et s'il avait un problème d'identité ce n'était point avec la Hongrie paternelle, mais bien principalement avec ce père lui-même, arrivé sans un sou de l'Est jusqu'à l'Arc de Triomphe, avant de barbouiller aujourd'hui d'affreux tableaux fluorescents.

Le prince de Beauvau voulait parfaire le beau discours de Grenoble. Par diversion, il écarta ces gazettes qui l'assommaient avec leur amour des Romanichels, lesquels revenaient en France sitôt expulsés et le couvraient de ridicule. « Durcir, il faut durcir les lois ! » pestait M. d'Hortefouille ; il eut envie de prolonger l'affaire Hebbadj, revenant par là aux Arabes, plus nombreux et plus nocifs encore que ces mendiants des bidonvilles. Fin avril, une Nantaise avait été contrôlée au volant de sa voiture ; elle portait un voile intégral, on ne voyait que ses yeux, elle écopa d'une amende de vingt-deux euros. Elle refusa de payer. On chercha son mari, un commerçant musulman, Lies Hebbadj. Ils étaient mariés ? Pas sûr. On s'aperçut que ce Hebbadj vivait avec plusieurs femmes et percevait des aides sociales de plusieurs foyers. « Polygamie ! cria M. d'Hortefouille. Ouvrons le débat sur la déchéance de nationalité ! C'est légitime ! » M. Hebbadj, un barbu à tête de mollah, narguait l'illustre ministre :

« Je suis pas polygame, moi, mais j'ai droit comme les autres d'avoir des maîtresses. » M. d'Hortefouille s'en étranglait de fureur. L'affaire passa devant la Justice, il allait perdre son exemple de sévérité, alors il menaça de modifier tout seul le Code civil, puis il en appela à son collègue de l'Immigration qui était réticent. Le prince de Beauvau trépignait, et en trépignant il découvrait le maigre de son bilan. Chacun constatait que les cambriolages augmentaient, et les atteintes aux personnes, et les violences, et les assassins fous qui faisaient souvent la une des gazettes, et les vols à main armée ; en un an, le nombre des explosions en Corse passa de quarante-neuf à quatre-vingt-une.

Les effectifs des gardiens de la paix et des commissaires baissaient régulièrement. Quand un poste de police fermait, la délinquance montait. Sur les routes il y avait moins de rondes pour prévenir les accidents. Cet officier n'avait plus qu'un véhicule usé pour couvrir trois communes ; certains utilisaient leur véhicule privé pour enquêter. Combien de commissariats étaient improvisés dans des cabanes de chantier, avec les toilettes dans la cour et les égouts qui versaient juste derrière ? Combien de douches moisies ? Combien de rats à Aubagne et à Saint-Malo ? A Saint-Chamond le plafond du couloir s'était effondré. Pour économiser le papier, les procédures étaient tapées au verso de catalogues publicitaires. Les policiers qui survivaient en avaient les nerfs tournés.

M. d'Hortefouille s'échinait cependant à contredire les chiffres. Il faisait savoir que ses policiers étaient plus nombreux qu'auparavant à occuper le terrain, quand ils devaient travailler plus avec moins ; il affirmait, sans doute en contenant un fou rire : « Nous avons renoué avec la baisse de la délinquance, notre pays est le plus sûr du monde », mais il s'interrompait avant de nous comparer au Mexique ou au Pakistan. Il couvrait des coupables pourvu qu'ils portassent des uniformes, les autorisait par son silence à manifester ; il confondait empreintes génétiques avec empreintes génitales ; il prêtait sa marionnette suante aux humoristes grâce à ses bourdes et à ses lapsus. Le prince de Beauvau s'évertuait à imiter Nicolas Ier, Son Guide Sublime, celui qui, à peine descendu de la tribune de Grenoble, avait dit devant les hommes de la brigade héroïque, laquelle avait abattu en plein trottoir l'un des braqueurs du casino d'Uriage : « Décorez-moi tout ça ! » *Tout ça* en était resté la bouche ouverte, surtout que Notre Leader Fiérot avait rajouté : « Les armes, c'est fait pour s'en servir ! »

Notre Martial Souverain entraîna après soi une redoutable cour de zélés. Parmi eux le duc de Nice se distinguait. M. d'Estrosi était dans son sourire, ses dents ultrablanches et ses cheveux ultranoirs. Il avait de la poigne et pas de fierté. Fils d'ouvrier immigré devenu ministre de l'Industrie, s'il était très tôt sorti de l'école, il aimait jouer le grand seigneur par ses manières et sa dépense, invitant autour d'une table renommée des artistes et des vedettes du fenestron. Le duc y avait déjà convié Sa Majesté quand elle fit escale à Nice pour rencontrer des rois africains. Nicole Rubi, la patronne, avait apostrophé le Prince d'un « A Nice, on vous aime ! », il en fut charmé, tellement que la terrasse de *La Petite Maison* put s'étaler sur le macadam sans autorisation autre que la récompense impériale, et M. le duc lui épingla une jolie médaille sur son tablier de cuisinière, comme il le faisait pour s'acquérir une clientèle, comme pour la fille aînée du milliardaire Bernard Arnault qui ne pouvait être que méritante. En vérité, le duc de Nice faisait des gestes. Il pouvait donner son numéro de téléphone à un syndicaliste qu'il souhaitait ficeler, il jouait les séducteurs. Se souvenant qu'il s'était occupé d'une commission chargée de réintroduire les loups dans nos campagnes, ce fut avec des mœurs carnassières autant qu'enjôleuses qu'il emberlificota une actrice de gauche : il lui offrit un lourd budget afin qu'elle réalisât un centre culturel dans une friche de quarante mille mètres carrés ; elle en fut radieuse et le fit savoir. Il s'était aussi attaqué au monopole de la Poste, un service public qui remontait à Louis XI, parce que le vieillot lui déplaisait, sauf pour sa coiffure, et qu'il ignorait le prix du timbre. Il supposait que tout devait être efficace, aussi transforma-t-il sa ville en disant : « La première des libertés, c'est la sécurité », car il entendait recruter des frileux pour le Parti impérial. Alors il afficha devant sa mairie un baromètre de la tranquillité publique, afin que le sentiment d'insécurité reculât, sinon l'insécurité toute crue.

Nice était son tremplin, son port d'attache, sa chance. Nice devint une place forte. Il s'employa à cacher des centaines de caméras espionnes dans les ruelles torves pour surprendre des trafics ; il participa lui-même à une rafle rue Jean-Vigo, du nom de ce cinéaste anarchiste et poète qui nous donna *Zéro de conduite* où sont malmenés les curés et les académiciens français en habits brodés. Le duc gouvernait la plus ancienne et la plus nombreuse police municipale du pays, qui partait en maraude sur la promenade des Anglais, pistolet à la ceinture, pour réchauffer les cœurs chancelants des nababs. Ce fut grâce à sa vidéosurveillance omniprésente qu'on arrêta le malfrat armé d'un sabre japonais qui avait agressé un conducteur de tramway, ce dont le duc se félicita : « A partir de ce soir, il y aura deux policiers dans chaque rame ! » Il établit également un couvre-feu pour restreindre les allées et venues des noctambules de moins de treize ans puis, donnant ses initiatives en exemple, le duc de Nice s'enfonça plus loin dans la démagogie : « Je propose que les municipalités qui ne se conforment pas à leur obligation de sécurité soient condamnées à une très forte amende. » Ce fut un concerto de glapissements chez les élus de droite ou de gauche confondus, mais le prince de Beauvau soutint le projet : « Il faut faire la différence entre les élus qui parlent et ceux qui agissent ! »

Le baron Ciotti alla encore plus avant.

Il était la voix du duc de Nice qui était la voix du Prince. Le baron Ciotti avait dix ans de moins que lui et deux centimètres de plus que Notre Majesté Impérieuse. Fils d'un menuisier niçois, il savait manier le rabot, et d'une institutrice, il savait les mots justes ; des deux il avait un accent du Sud qui mettait ses interlocuteurs mal à leur aise, car il ne débitait point des douceurs et roucoulades parfumées au romarin, mais des chardons. C'était la tête pensante du tandem qu'il formait avec le duc de Nice, dont il prolongeait depuis tellement d'années les idées vagues en leur donnant une forme et une force ; il avait été son jeune assistant avant que celui-ci lui donnât par manœuvres la présidence du conseil général des Alpes-Maritimes. Si le duc de Nice avait une grosse gueule, le baron Ciotti était onctueux et poli. La sécurité, voilà sa passion du moment ; il s'en servait d'abord pour avancer sa carrière. Jamais il n'hésitait, jamais il n'avait de scrupule, jamais personne ne réussissait à l'attendrir. Parce que les chômeurs essayaient de frauder, il créa une brigade chargée de les surveiller en les effrayant ; il était plus simple de faire payer les pauvres. De même, le baron menaça les parents des écoliers qui désertaient les salles de classe. Il leur supprima par décret les allocations familiales. A eux de persuader leurs marmots de travailler. Si l'enfant est délinquant ? Les parents sont fautifs, on les flanquera en prison avec une amende de trente mille euros ! S'ils ne peuvent pas payer ? Au trou ! Au trou ! Que fera un fils voyou en l'absence de sa mère incarcérée ? Vous dites qu'il n'a pas de père ? Et puis ? Qu'il va se retrouver à l'abandon ? Au trou ! Au trou ! Le duc n'aurait pas osé, le baron osa. Les basses besognes, il s'en délectait pour être réélu avec les voix de la droite extrême, si puissante dans la région. On pourrait reprendre à son propos, pour le définir, les premières phrases du *Fantômas* de MM. Souvestre et Allain :

— Ciotti !

— Vous dites ?

— Je dis… Ciotti.

— Cela signifie quoi ?

— Rien… et tout !

— Pourtant, qu'est-ce que c'est ?

— Personne, mais cependant quelqu'un !

— Enfin, que fait-il ce quelqu'un ?
— Il fait peur !

M. Fillon, duc de Sablé et Premier des ministres de Sa Majesté, cultivait les couleurs sobres ; sans relief comme il était, on soutenait qu'il cherchait à se confondre avec la muraille. Aussi fut-on surpris en plein mois d'août de l'apercevoir en tenue décontractée au fort de Brégançon, cette demeure impériale où il avait été convoqué en compagnie d'autres importants pour évoquer des questions économiques parmi les plus graves, « comment trouver des sous ? » ou « par quels moyens combler notre dette qui galope ? ». Le duc de Sablé portait une veste forestière bleue, des pantalons blancs et point de cravate pour indiquer qu'il était en vacances, certain d'être remercié un jour proche sans que cela l'affectât outre mesure. Sa tenue était néanmoins étudiée. Cette veste avait été créée en 1947 pour l'architecte Le Corbusier, et elle devait allier l'élégance à la liberté des mouvements. Il l'avait acquise pour environ sept cents euros chez le couturier Arnys, avec des boutons armoriés, des manches façon kimono et un col droit inspiré des habits du garde forestier. Le duc de Sablé traduisait les chuchotis de la Cour comme de la ville et montrait un ostensible détachement. Remanier son gouvernement, qu'il gouvernait peu lui-même, laissant la bride lâche à la main de Sa Majesté Omnipotente, il attendait cela depuis le mois de mars et l'annonce de ce désir impérial. Il savait que l'Enfantin Monarque avait récemment invité à un souper privé, au cap Nègre, le duc de Valenciennes, M. Borloo, lequel était prêt à lui succéder en l'hôtel de

Matignon, et qu'il tenait pour un histrion, coq de clocher qui tournait avec les vents, la crête aux boucles en jachère, l'œil encapoté, l'air somnolent ; même s'il avait été vêtu de cachemire et de soie du haut jusqu'au bas, le duc de Valenciennes aurait toujours l'air d'être de la cloche. Le duc de Sablé savait encore que dans les ministères on vivait mal cette attente ; chacun se considérait en douce, jaugeant les chances et les malchances de conserver son emploi, d'être promu ou jeté à la rue. La satisfaction extrême et inespérée de ceux-là, la rage qu'en concevaient les autres, leur embarras et leur dépit à le cacher, c'était l'un des plus grands plaisirs dont on pût jouir dans une cour. Le Prince demeurait évasif, sans doute amusé jusqu'au vice par ce jeu puisque l'un de ses proches confia qu'il laissait les guêpes s'agiter dans la bouteille.

Au moment où le duc de Sablé évoquait une terrible rigueur, au moment où M. Baroin, jeune et intrépide duc de Troyes, andouillette d'or sur fond de gueule, s'interrogeait sur de puissants impôts pour garnir les caisses vidées de l'Etat, Notre Implacable Monarque livrait en exemple les mesures que prenaient nos voisins. Les députés grands-bretons ne voyageaient qu'en seconde classe dans les trains, le Premier des Grecs divisait par deux le nombre de ses gardes du corps, à Stockholm les ministres déjeunaient à la cantine et buvaient du lait froid. Il décida de réduire les dépenses de ses courtisans, d'amaigrir les équipes des conseillers officiels. L'économie serait moindre mais on soulignerait dans les gazettes que plus de la moitié de ses collaborateurs avaient été chassés. De même, la consigne fut donnée, pour les vacances du mois d'août, de ne point s'éloigner vers de dispendieuses contrées exotiques ; un ministre avoua qu'il se reposerait dans l'Eure, une autre en Corrèze, un troisième dans la Creuse, deux autres en Corse. Parce que des noms de ministres menacés circulaient, beaucoup s'affichaient en plein labeur pour tenter de sauver leurs bureaux Empire.

Se réservant pour une rentrée houleuse, le très impopulaire M. Woerth, duc de Chantilly, qui devait réaliser la non moins impopulaire réforme des retraites, s'en alla à la montagne où il pratiquait la grimpette. Voyez-le, piolet et crampons ficelés au sac à dos, qui attend le téléphérique de l'aiguille du Midi, tandis que la duchesse chasse les chamois. Il venait de céder aux pressions qui l'assaillaient et avait abandonné son poste de trésorier du Parti impérial qui s'était révélé incompatible avec celui de trésorier national. Notre Malicieux Souverain avait choisi pour le remplacer M. Dord, connétable d'Aix-les-Bains, lequel avait pourtant travaillé dans le groupe des cosmétiques de la grande-duchesse de Bettencourt, à la source des tracas du duc de Chantilly. En outre, le connétable d'Aix-les-Bains avait avoué, après son honorifique nomination, que sa belle-sœur habitait deux étages au-dessous de M. de Maistre qui gérait alors la fortune de la même grande-duchesse, que le duc de Chantilly avait décoré et fréquenté. On tournait en rond, on en rit, on parla d'une maladresse, on ne toucha à rien, on passa à autre chose.

Chapitre II

La querelle des retraites. – Passage en force des troupes impériales. – Le duc de Chantilly plombé. – Démêlés judiciaires de celui-ci. – La petite Fadette. – Espionnite et espionnage. – La duchesse de Saint-Jean-de-Luz se défend. – Notre Prince cajole les catholiques. – Il remanie en refermant. – Le duc de Valenciennes considéré comme un dindon.

La rentrée politique de septembre s'annonçait bousculée. Au nord du Niger, dans une cité minière isolée, des Français avaient été enlevés par des brigands à dromadaire dans les sables du désert, pendant que des policiers en tenue, armés, s'installaient dans nos écoles pour veiller sur les enfants et prévenir leurs trafics. La fraude fiscale creusait les dettes grecques, c'était là-bas un sport olympique mais périlleux, plus encore que la fraude aux arrêts maladie dont bénéficiaient nos fonctionnaires et qu'on prétendait en hausse ; certains médicaments n'allaient plus être remboursés, la consultation des médecins augmentée ; à l'hôpital Saint-Antoine de Paris, si performant, la peinture s'écaillait dans les chambres de soins intensifs et le plafond des toilettes s'était écroulé sur une infirmière. Un mardi, cent quarante-cinq écoles parisiennes fermèrent leurs portes et le fameux service minimum décidé par Notre Merveilleux Leader ne fut point assuré. Pas assuré non plus, le sort des sous-vêtements Lejaby dont les usines s'étaient envolées vers la Tunisie, la Chine ou la Pologne qui donnaient du travail aux esclaves. En Suède, pour renvoyer à une couverture de *Newsweek* qui peignait Notre Auguste César en symbole du nouveau racisme européen, l'extrême droite entrait au Parlement, saluant et souriant, à cause de ses criailleries contre l'immigration débordante et un islam sanguinaire étrangement peu vivace dans ce petit pays. Les gens craignaient ce qu'ils pouvaient. Les tyrans étaient toujours aussi joufflus que l'an passé. Selon cent quarante chefs d'Etat réunis à New York, un milliard d'hommes mouraient de faim dans le monde et surtout en Corée du Nord, où l'on pressentait que le grassouillet Kim Jong-un allait succéder à son père Kim Jong-il, malade jusque sur les photographies retouchées. A Sotchi, le tzar Vladimir offrait des raviolis russes et de la salade de crabe aux experts étrangers conviés pour l'entendre vanter les mérites du pouvoir personnel. Nicolas Ier était pareillement certain de sa colossale valeur, même si l'indignation montait contre lui et que certains membres de son Parti impérial doutaient à mesure que sa cote de popularité dégringolait. Il s'en moquait bien. D'autres, plus courbés que nature, lui répétaient qu'il était le plus beau et que son plumage de paon, pour peu qu'il fît la roue, le sauverait des malheurs.

Aussitôt revenu au Château, Notre Mirobolant Monarque se soucia par calcul des oubliés ; il repartit visiter des agriculteurs à la montagne, puis des médecins qui le boudaient. Il avait cru se délester de *l'affaire Bettencourt* où pataugeait M. Woerth, duc de Chantilly, en lançant sa vaste chasse aux Romanichels, mais loin de s'effacer l'un l'autre, ces deux faits trop ostentatoires s'ajoutaient et persistaient à l'empoisonner. A Brégançon, l'Onctueux Souverain avait cependant mis l'accent sur l'économique et le social pour rafistoler son image, mais il allait devoir sabrer la rue qui braillait contre sa réforme des retraites promise. Déjà, le 24 juin, près de deux millions de travailleurs avaient manifesté avant de s'assoupir dans la moiteur des jours d'été.

En 1967, dans son *Traité de savoir-vivre à l'usage des jeunes générations*, préfigurant l'explosion générale de l'année qui suivit, lorsque la jeunesse cria en cortèges « De l'air ! De l'air ! », M. Vaneigem écrivait : « Dans une société industrielle qui confond travail et productivité, la nécessité de produire a toujours été antagoniste au désir de créer. Que reste-t-il d'étincelle humaine, c'est-à-dire de créativité possible, chez un être tiré du sommeil à six heures chaque matin, assourdi par le fracas des machines, lessivé, tué par les cadences, les gestes privés de sens, le contrôle statistique, et rejeté vers la fin du jour dans les halls de gares, cathédrales de départ pour l'enfer des semaines et l'infime paradis des week-ends, où la foule communie dans la fatigue et l'abrutissement ? » A l'époque de Nicolas Ier, les gens ne se disaient plus *Au revoir* mais *Bon courage*, car l'effarante majorité d'entre eux exerçait, juste pour survivre chichement, un travail stupide, alors ils rêvaient de plages et de vagues vertes sous les néons de leurs bureaux. Des spécialistes impériaux leur demandaient d'être raisonnables ; M. Fillon, duc de Sablé, donna le ton :

— Travaillez ! Travaillez encore et encore ! Comme la durée de vos vies s'allonge d'année en année, vous devez travailler plus longtemps ! Vous serez bientôt centenaires ! Et vous voulez partir à soixante ans pour flemmarder ? Vous voulez que la société vous paie une retraite à bâiller au soleil ? Vous partirez à soixante-deux ans ! Après quarante et un ans et demi de labeur ! Vous n'êtes pas contents ? Paresseux ! Parasites ! Inconscients ! Soixante ans ! Y songez-vous vraiment ? Tout l'argent qu'on perd à des sottises ! Les entreprises qui défaillent, c'est à ces maudits soixante ans qu'on le doit !

— Pardonnez, Votre Ennuyeux, mais une caissière de supermarché qui a commencé à travailler à dix-huit ans...

— Où est le problème ?

— Dans la logique de votre système, Enivrant Seigneur. Devra-t-elle cotiser quarante-trois ans et demi avant de se reposer ? Deux ans de plus que les autres et sans un sou de plus ?

— Eh bien, elle touchera une retraite plus élevée...

— Nullement, Enervant Potentat. Si l'âge légal du départ au farniente mérité est de soixante-deux ans, seules compteront les années travaillées avant ce butoir. Notre caissière est lésée, et votre système injuste.

— Pfft ! dit le duc de Sablé en remontant sur son large front la mèche noire qui tombait, il ne crée pas d'injustice car le travail n'est pas une injustice en soi.

Si, le travail contraint était une injustice, autant que de ne pas travailler un rejet. Ah ! le regard des autres ! Les chômeurs devenaient suspects, même si leur nombre ne cessait d'augmenter, même si on traficotait les statistiques pour en éliminer par des tours de passe-passe. Jetés de leurs emplois ils n'en déployaient pas leurs ailes pour si peu. Vers le milieu du mois, quand fondait leur minuscule pension, ils volaient du jambon, des nouilles et du camembert dans les grandes surfaces, lesquelles perdaient ainsi deux milliards d'euros par an. Quand on les arrêtait, la somme modique de leurs larcins permettait de les sermonner vainement ; la mère de famille prétextait qu'il fallait bien nourrir ses enfants. Désespérés et exaspérés, ils se mobilisaient contre cette loi désespérante et exaspérante. Malgré ses grelots judiciaires qui le transformaient en polichinelle, le duc Woerth devait affronter ce tas de mal-contents. Notre Majesté l'avait confirmé à son poste de ministre du Travail jusqu'à la fin de sa mission ; il devait faire avaler au peuple ses retraites à soixante-deux ans, de préférence sans dégât. On le disait habile négociateur car il ne négociait point. Il entra donc en scène, grave comme un jour férié, à la manière d'un bonimenteur qui décide de vous endormir avec sa voix chaude.

La mécanique étant en route, Notre Mobile Monarque en profita pour se badigeonner de culture en partant visiter les grottes de Lascaux dont les peintures préhistoriques étaient menacées par des moisissures. Il s'y rendit avec Madame, enfila une blouse blanche de laborantin mais refusa la charlotte sur la tête pour ne point avoir l'air niaiseux à l'image, et pour ne pas déranger les crans de son admirable coiffure ondulée ; cela permit aux microbes réfugiés dans ses mèches à son insu de sauter sur les fresques au risque de les défraîchir. Le Prince pérora, confondant Néandertal et Cro-Magnon, fêtant le Périgord, ses truffes et ses natifs : « La mondialisation passe par le renforcement de l'identité culturelle de chaque territoire », et vice versa, à l'intense satisfaction des hommes des cavernes ce jour-là représentés par le docteur Coppens. Après avoir loué cette stupéfiante découverte souterraine, devant un bison à moitié effacé, le Prince s'abandonna à l'extase : « Nous sommes profondément bouleversés par ce que nous avons vu. C'est au-delà de l'émotion. »

La véritable émotion descendait dans les rues.

D'emblée, les classes populaires sentaient qu'on les blousait, comme d'habitude, et que les arguments favorables à cette réforme ne tenaient pas. Les paysans et les ouvriers qui avaient commencé tôt à traire les vaches ou à pousser des parpaings dans leurs brouettes, le dos cassé, étaient les plus sauvages. Les syndicats parlaient plutôt de taxer les revenus du capital ou les retraités aisés, car les plus abîmés par le travail n'avaient pas envie de mourir au seuil d'une retraite rallongée. Il y eut des arrangements sur la forme mais aucun débat sur le fond, à l'inverse de la Suède où il s'éternisa vingt ans. Le duc de Chantilly s'accorda à trouver plus pénible le labeur du terrassier que celui du professeur d'université qui causait sur l'âme tourmentée des troubadours du bas Languedoc, ce qui n'était pénible que pour ses auditeurs. Va pour le terrassier, concéda le duc Woerth, qu'il parte après quarante ans de marteau-piqueur...

Notre Catastrophique Leader voulait conduire à grande vitesse sa réforme provisoire, qu'il faudrait de toutes les façons réviser dans trois ans, et à laquelle il ne songeait point la veille encore, mais elle devenait l'emblème de son règne. D'autres s'y étaient fracassés devant les flots de furieux qui paralysaient les activités, eh bien, il tiendrait, il allait montrer son admirable courage. Il pensait comme le Néron des grammaires latines : *Oderint dum metuant*, « Qu'ils me haïssent pourvu qu'ils me craignent ! » et il regardait sans peur les vagues de protestation lécher ses palais. Sa Majesté espérait d'abord amadouer, en affichant sa bonne volonté, les trois agences anglo-saxonnes qui estimaient, jugeaient, notaient, déclassaient les pays comme de simples débiteurs pris en faute, à seule fin d'éviter aux banques de prendre des risques et de rassurer les marchés. Après la Nouvelle Vague, le Cinéma Novo et les Nouveaux Philosophes, nous étions aux prises avec les Nouveaux Vampires ; ils nous suçaient le sang et la moelle à l'abri de leurs écrans protecteurs, sans la vraie vaillance du comte Dracula qui plantait directement ses dents dans nos cous. La Grèce, l'Irlande, le Portugal et l'Espagne étaient menacés ; pour complaire aux spéculateurs qui pouvaient ruiner une nation pour arrondir leur magot, Londres avait lancé un plan d'austérité afin de diviser par dix son déficit, et flanquait dehors cinq cent mille fonctionnaires. Nous n'étions plus en temps de paix. Le Prince en avait conscience et décida de ne plus écouter les bruits de la rue, ni de vendre pour l'instant le Sacré-Cœur et Versailles aux insolents milliardaires chinois qui possédaient déjà la moitié du Pirée.

Le mardi 7 septembre, malgré la pluie, deux ou trois millions de manifestants sillonnèrent les grandes villes, mouillés, révulsés, solidaires. La réforme servait de prétexte pour contrer un Souverain Sourd, et son mépris. La pancarte la plus réussie fut observée à Paris, où l'on voyait côte à côte, entourant Notre Prince, la grande-duchesse de Bettencourt et le duc de Chantilly, les symboles de la compromission, avec ce slogan : « Ils nous disent qu'il n'y a plus de sous pour les retraites. Partageons les richesses ! » Plus loin, une autre phrase volait au-dessus des épaules : « Pour nous le caveau, pour nos enfants le bistrot. » Notre Sauveur Auto-Proclamé se changeait en casseur. Ce n'était plus un malaise mais une colère. Les fâchés redescendirent dans la rue le 23 septembre, formant deux cent trente-deux cortèges, même si le duc Woerth, face aux soixante-dix pour cent de Français hostiles, avait expliqué qu'on pouvait amender la loi pour les femmes, les handicapés, les chômeurs âgés... Sa Majesté gagnait du temps et attendait que le mouvement s'effritât.

Pour l'heure il se portait bien, des foules se retrouvèrent le mardi 12 octobre et le samedi 16. Les grèves gagnaient des écoles, des hôpitaux, les gares, les postes ; le centre de tri des colis, à Gennevilliers, était bloqué, seize réacteurs nucléaires arrêtés, la chambre de commerce de Marseille envahie et le Préfet s'inquiétait de ces poubelles qui débordaient, qu'on ne ramassait plus, comme à Ivry où l'on traitait douze arrondissements de Paris et où les salariés avaient organisé un gigantesque barbecue de solidarité. L'essence se raréfiait. Les terminaux pétroliers fermaient leurs grilles à Fos-sur-Mer, à Feyzin, à Petit-Couronne. L'Intraitable Monarque, voyant cela, ne concéda rien et demanda aux gendarmes de réquisitionner la raffinerie de Grandpuits qui ravitaillait l'Ile-de-France et ses limousines.

Les jeunes entrèrent dans la querelle, ce qui faisait toujours frémir les pouvoirs. Il y eut un incident dont on tira parti : des lycéens de Bonneville allumèrent un amas de détritus et deux jeunes filles furent brûlées au visage. Les impériaux se mirent à hurler à l'unisson que la jeunesse était récupérée par le Parti social et des anarchistes redoutables, de même qu'en Mai 68 on accusait des agents venus de l'étranger. Le duc de Meaux, M. Copé, monta à la tribune pour dénoncer : « Ce n'est pas dans la rue que les lycéens doivent être ! » Le chevalier Le Febvre enchaîna : « La jeunesse, nous nous faisons un devoir de lui expliquer où sont les priorités ! » Le chœur constitué des ducs de Sablé, de Reims, de Marseille et de Chantilly reprit, fondu dans une seule voix : « C'est irresponsable de jeter les jeunes dans la rue ! »

Les jeunes n'avaient pas besoin qu'on les inspirât ; ils défilaient bravement à Caen, Limoges, Carcassonne, Calais, Cherbourg, Lyon, Paris. Ils scandaient « Ni bambins, ni pantins ! » et faisaient preuve de gravité. Ils redoutaient un présent noir et plus encore l'avenir ;

un tiers des diplômés ne trouvait pas de travail, même à moindre compétence ; un agrégé ne pouvait devenir garçon de café ; s'ils avaient pour la plupart le droit de voter, ils n'en usaient guère, dégoûtés, supportant mal que des adultes les sermonnent : « Quoi ? Vous pensez déjà à la retraite avant d'avoir un boulot ? Ce n'est pas de votre âge ! » Puis il y eut les vacances de la Toussaint pour fleurir les tombes, et ils avaient l'impression de poser des chrysanthèmes sur leurs propres caveaux. Les ardeurs s'éteignirent. Les émeutiers s'essoufflèrent selon les prédictions du Pervers Souverain, lequel, fouaillant le troupeau des Sénateurs et des Parlementaires réunis, fit voter son texte au pas de charge, malgré ses promesses de ne jamais passer en force, afin que le duc de Chantilly, ainsi aidé, pût régler la réforme qu'il avait menée à son terme sur ces mots d'une évidence à la Jacques Prévert : « Ça sert à rien de faire grève aujourd'hui. Après le vote de la loi, c'est la loi, il faut la respecter. » Il souffla bien fort en épongeant son front plissé.

Le duc de Chantilly croyait en sa sainteté. Dévoué, ferme, juste, simple, rigoureux, austère, droit, solide, il avait les attributs d'un ange de vertu. En toute innocence il se montrait impeccable. Il faisait reluire son auréole au-dessus de son crâne chauve, et les flèches dont ses adversaires le hérissaient lui permettaient de cousiner avec saint Sébastien. Cependant, il n'avait point été invité en août dernier au fort de Brégançon, parce que Notre Prince Pusillanime n'avait aucune envie de figurer au côté de ce pestiféré sur les images de la rencontre. Cependant, lors des dernières manifestations, huit cent mille faux billets fort bien imités avaient été distribués, portant son effigie qui symbolisait les troublants rapports entre la politique et l'argent. Sa proximité, en privé comme en public, avec les grandes fortunes, les décorations qu'il ne remettait pas au hasard, le labeur de son épouse qui gérait les finances de la grande-duchesse de Bettencourt, les réceptions à l'hôtel Bristol où il rencontrait les fervents donateurs du Parti impérial, à l'entendre cela n'était que broutilles. Nous ne peindrons pas une nouvelle fois en pied le duc de Chantilly, dont nous avons exposé bien des turpitudes dans le IVe volume de ces chroniques, pour ne point nous répéter, mais nous pouvons néanmoins enrichir ledit portrait de quelques touches en couleur...

Le Prévôt de Nanterre, M. Courroye, était un proche du Château et menait l'affaire Bettencourt d'une main volontiers molle. Il ne voulait point embarrasser Sa Majesté, laquelle risquait des éclaboussures, aussi, quand il ordonna une perquisition des locaux du Parti impérial, il prévint auparavant afin que les inspecteurs de la brigade financière ne trouvassent rien de compromettant dans le courrier classé du duc de Chantilly, du temps qu'il faisait office de trésorier dans cette formation. Des outranciers réclamaient qu'on nommât un juge d'instruction, un vrai, et qu'on accélérât la marche de cette procédure ensablée. Solitaire et pète-sec, M. Courroye tenait bon ; il refermait avec méthode les tiroirs de l'affaire. Par malheur pour le duc de Chantilly, des complications surgirent malgré ces prudences. On lui demanda des explications sur une déclaration d'impôts donnée au Crédit agricole pour qu'il obtînt un prêt destiné à financer sa campagne municipale ; une autre sur la décoration qu'il avait remise au comptable qui avait certifié ses comptes à Chantilly ; une autre parce qu'on le soupçonnait d'avoir autorisé un dégrèvement fiscal. Les ennuis s'amassèrent. Des mauvais esprits rappelèrent que le président du conseil de l'Oise, qui avait soutenu le duc pendant vingt ans, fut condamné pour prise illégale d'intérêts en 1998 avant d'être exclu de l'ancêtre du Parti impérial, à cause de ses liens tactiques avec la droite extrême. On sut que son adjointe d'alors se nommait Casetta, dite « la Cassette » dans les annales judiciaires, et qu'elle écopa de six mois de prison avec sursis dans un imbroglio de marchés truqués. Ces parrainages étaient corrosifs.

Le duché de Chantilly, qui fit la fortune politique de M. Woerth, s'avérait être la ville du cheval. Des juges y fouillèrent, puisque le duc et la duchesse y côtoyaient le grand monde dans les tribunes du champ de courses ; ils y bavardaient avec M. de Rothschild ou l'Aga Khan, ce mécène qui accorda à M. de Chantilly une postface pour son ouvrage sur le duc d'Aumale, et lui recommanda son propre conseiller, M. Mouzat, quand il dirigeait le Budget, afin qu'il préparât au mieux une loi sur les jeux d'argent et les paris sportifs. Quant à la duchesse, chapeau emplumé et voilette, elle administrait la fondation du château de Chantilly, présidait même une écurie de courses féminine où elle connut l'épouse de M. Z., président d'une entreprise de jeux qui groupait sans vergogne le PMU, une filiale de M. Bouygues, des casinotiers, une société de poker que dirigeait le fils du duc de Levallois, l'affairiste

M. Balkany. Tous se rejoignaient autour des chevaux et des jeux, et personne ne fut surpris si le duc de Chantilly, en son temps, intervint auprès du fisc en faveur du patron de la Société française des casinos, cotée en Bourse, ce M. Z. qui détenait, par l'intermédiaire d'une discrète structure installée à Belize, la moitié des droits d'une entreprise domiciliée aux Bahamas pour exploiter des jeux.

Sur les champs de courses, M. de Chantilly se lia avec un autre amateur de chevaux, lequel en possédait soixante-neuf, M. Guy Wildenstein, par ailleurs élu des Français de l'étranger à Washington, prodigue donateur du Parti impérial, à ce titre épinglé d'une médaille sur le veston par Notre Reconnaissant Souverain. Ce marchand d'art était poursuivi pour fraude fiscale, abus de confiance et blanchiment d'argent crapoteux. Nombreux étaient les biens de son défunt milliardaire de père qui s'étaient évanouis aux Bahamas, à Guernesey, aux îles Vierges, paradis fiscaux que le duc de Chantilly disait exécrer. Ce richissime possédait un compte au Japon, une galerie à New York, une propriété au Kenya, une effrayante collection de tableaux et d'objets rares qu'il avait déclarés quarante-deux millions d'euros au lieu de trois milliards. Il paraissait que le duc de Chantilly regardait ces peccadilles avec bienveillance ; il ne fut pas le seul. Un jour, à la Fondation Wildenstein, des enquêteurs dénichèrent une trentaine d'œuvres prétendument volées, dont une huile de Berthe Morisot, *Chaumière en Normandie*, évaluée à environ huit cent mille euros. « Un oubli, sûrement, ou une erreur », dit le filou avec cet aplomb que conférait en surcroît la fortune.

Ultime perle au sautoir que le duc portait au cou, l'hippodrome du Putois ; c'était cinquante-sept hectares de la forêt de Compiègne qu'il avait bradés, dix fois moins cher que leur prix, à la société qui exploitait les bâtiments, la piste de courses et les gradins, sans appel d'offres, contre l'avis de son collègue de l'Agriculture, le si délicat M. Gaymard. Le duc résistait à tout sauf à la tentation. A décortiquer ses menteries, les enquêteurs se rapprochaient dangereusement de Notre Turpide Leader.

Il y eut comme une odeur de barbouzes roussies aux grilles du Château. A la fin du mois d'octobre, dans un court laps de temps, on apprit que trois rédacteurs de trois gazettes avaient été cambriolés, lesquels travaillaient sur l'affaire Bettencourt où apparaissait si souventes fois en vedette le duc de Chantilly. Ces vols nocturnes, sans effraction, étaient le fait de professionnels très introduits et très renseignés. Les ordinateurs dérobés contenaient des fichiers déjà traités ; les secrets avaient été cachés ailleurs ; quel était l'intérêt de ces larcins ? Ils servaient à apeurer les éventuels bavards, qui se confiaient à la presse, pour leur faire savoir qu'ils ne resteraient pas longtemps anonymes. En fouinant, en recoupant, en comparant, on se souvint que le Prévôt de Nanterre, M. Courroye, celui qui avait posé la fameuse affaire gênante sur des sables mouvants, avait récemment demandé les factures détaillées des téléphones de gazetiers trop vite au courant ; ils avaient publié des interrogatoires tenus à huis clos de témoins essentiels. Ces factures répertoriaient les interlocuteurs et la durée des conversations, on les nommait des fadettes, sans doute en hommage bucolique à une héroïne de Mme George Sand. Les sources des gazetiers étaient pourtant protégées par l'article 77-I du Code de procédure pénale, nul ne pouvait y contrevenir sinon pour rechercher d'horribles terroristes. « Nous n'avons rien contre les gazettes ! » s'exclamèrent ensemble les chefs de la police secrète et nationale ; pour le prouver ils se mirent en position pour tenir dans leur viseur un fonctionnaire de la Justice, M. David Sénat, magistrat et proche conseiller technique de la duchesse de Saint-Jean-de-Luz, Mme d'Alliot-Marie, qu'il avait suivie à la trace dans trois ministères. Les fadettes de M. Sénat furent disséquées fort peu légalement mais avec attention, et l'on y trouva les traces de discussions avec des gazetiers, et d'autres fuites juteuses puisqu'il avait trempé naïvement dans une histoire embrouillée de jeux d'argent. Lui qui avait un accès facile à des documents sensibles, n'avait-il pas été la source de telle ou telle gazette ? Ne connaissait-il point les procès-verbaux de l'affaire Woerth-Bettencourt qu'on retrouva publiés ? M. Sénat protesta. Quel employé de ministère n'avait aucun contact avec les gazettes ? Les paris illicites ? Il avait été piégé. Hautement soupçonné, il fut placé en garde à vue.

Dans la salle Colbert de l'Assemblée, où se réunissaient les parlementaires impériaux, le duc de Sablé, M. Fillon, sonna contre ce conseiller la charge : « Les fuites répétées émanant du cabinet de la garde des Sceaux sont contraires à la législation ! » Disant ces mots il voulait atteindre la duchesse de Saint-Jean-de-Luz, mais elle restait de marbre, un sourire éternellement fixé aux lèvres. Sévère sous son casque de cheveux blonds laqués, dont chaque mèche semblait au garde-à-vous, la duchesse ne bronchait pas. Elle ne bronchait jamais. On parlait d'elle, toutefois, pour succéder à l'orateur comme Première des ministres, et celui-ci mettait publiquement en doute sa probité. Docile, discrète, un brin condescendante, elle avait enchaîné sans y faire d'étincelles plusieurs ministères de prestige, la Défense où elle défila en pantalon sur le front des troupes, l'Intérieur où elle décora des cercueils, la Justice maintenant. Elle réussit à s'incruster car elle ne faisait rien, sinon répercuter les desseins du Château. Et voilà que des impériaux familiers du Prince la montraient du doigt ; à cause de M. Sénat, son employé, ils répétaient qu'elle mettait en danger la politique sécuritaire chère à M. d'Hortefouille, autre perroquet chamarré du régime qui la méprisait et la criblait de piques malfaisantes. Elle répondait d'une voix sans relief ni accent : « Il y a plus de vingt ans que je connais Sa Majesté, nous avions des bureaux voisins au temps du roi Chirac. » On se défiait d'elle mais elle entendait durer et se taisait. Aucune vaguelette, aucun mot de trop, aucune déclaration qui ne fût point contrôlée. La duchesse ne répliquait aux questions que par des phrases convenues à l'avance et qui ne signifiaient rien. Elle ne livrait jamais son opinion, jamais un avis, jamais une initiative et moins encore une idée ; elle n'avait point de téléphone portable afin qu'on ne la prît pas de court et qu'elle pût dire une ânerie. L'une de ses consœurs l'admirait pour cette sagesse : « En trente ans de vie politique, elle n'a jamais dit une seule connerie, et ça, c'est fort. »

Au sujet de M. Sénat, la duchesse dit qu'elle ne savait rien et elle le lâcha bonnement après tant d'années de travail commun. Il lui fut interdit de traîner ses basques dans son bureau de la place Vendôme, puis il fut exilé à Cayenne, jadis connue pour son bagne, aujourd'hui pour y monter à partir de rien une cour d'appel ; Cayenne, quand même, sous la chaleur, avec les moustiques et les serpents, le mousquet des chercheurs d'or, cette jungle qui tuait les évadés…

Une épidémie de méfiance sévit dans les milieux politiques. Chacun s'imagina surveillé par les spadassins de Notre Jaloux Monarque, et on les nommait, le commissaire Péchenard en premier, qui connut Sa Majesté dans son enfance et dont les deux familles étaient liées, ou le commissaire Squarcini qui commandait la police secrète et avait autrefois rendu des services au Prince, en le protégeant des gazetiers, justement, dans une calanque isolée de la Corse où les poissons grillés étaient délectables. Tous se crurent espionnés comme M. Sénat, dans les ministères et dans les gazettes ; ils pensaient que Nicolas Ier s'en mêlait étroitement, même s'il le niait très fort. La baronne d'Ati, peu en grâce au Château et maintenue à distance, lança l'une de ses perfidies : « Que ce soit Sa Majesté qui supervise ces écoutes, cela me paraît impossible ! *Pourtant, il ne faut pas prendre cela à la légère.* » Le duc de Bordeaux, M. Juppé, bavardait peu au téléphone par souci, disait-il, de discrétion. Le connétable du Poitou, M. Raffarin, ne parlait jamais de sujets délicats sur son appareil portable et aisément écoutable. Le duc de Meaux, M. Copé, prenait une voix fatale pour confier : « Je suis probablement sur écoute. » Lorsque la bourgmestre de Lille, Mme d'Aubry, fraîchement élue à la tête du Parti social, s'installa dans son bureau de la rue de Solferino, elle demanda à une entreprise spécialisée de vérifier s'il n'y avait point de micros.

Drapé dans sa soutane pourpre, le cardinal de Guéant qu'on désignait comme le responsable de cet espionnage maladif, lui qui avait longtemps gouverné les polices, ne trouva qu'une réponse en mimant l'outragé : « Je suis choqué et blessé par ces accusations. Si on me soupçonne de faire surveiller des citoyens, je porterai plainte en diffamation ! » Quoi qu'il en fût, Son Eminence brandissait le Secret Défense pour s'abriter derrière, et il tirait le rideau violet de son confessionnal sur mille filatures inavouées.

Notre Prince Immaculé, de plus en plus bas dans sa popularité, voulut prendre de l'élévation et surplomber ces batailles mesquines, c'est-à-dire les foyers qu'il avait en personne allumés. Il entreprit d'abord de se concilier les catholiques ; pratiquants ou non, votant davantage pour la droite extrême que le restant de la population, ils avaient contribué à hisser Nicolas Ier sur le Trône mais ils avaient mal supporté ses attaques contre les Romanichels, des gens qui priaient la Vierge et respectaient tous les saints de l'enfer. Sa Majesté fit savoir qu'elle avait adoré le film *Des hommes et des dieux* qui évoquait saintement les moines de Tibéhirine, et qu'elle était allée se recueillir à Vézelay où un moine hirsute prêcha une croisade malencontreuse. Plus tard, Notre Monarque Sanctifié se rendit au Puy-en-Velay, à ce point de rencontre des marcheurs de Compostelle, pèlerinage que relança le

Matamore Franco pour entrer dans l'Europe en 1948. Le plus fort moment de bondieuserie impériale fut malgré ces hors-d'œuvre la visite au Vatican, plus vite organisée qu'à l'ordinaire puisqu'il y avait urgence à recoudre la vertu déchirée du Prince. Nicolas le Pieux s'enferma une demi-heure en tête à tête avec le pape Benoît, seizième du nom ; ils parlèrent de ces chrétiens du Moyen-Orient que l'on persécutait à cause de la croisade de Johnny Walker Bush contre l'Irak, laquelle permit aux musulmans de désigner les chrétiens comme des infidèles et des agents de l'Amérique. A la sortie du conciliabule, l'abbé Buisson, que Sa Majesté avait emporté, fit le fayot en murmurant à l'oreille du vieux prélat : « Je voudrais vous dire, Saint-Père, la ferveur que suscite en France votre pontificat. » Puis Notre Prince Dévot pria un instant dans la chapelle de sainte Pétronille, et, quand la basilique Saint-Pierre fut vidée de ses touristes venus admirer le *Moïse* de Michel-Ange ou le tombeau coquin de Jules II, le Souverain Modeste récita le *Notre Père* et se signa cinq fois de suite pour qu'on enregistrât bien l'image, mélangeant une nouvelle fois les genres, à savoir la foi privée et la tolérance publique pour ses sujets qui ne croyaient pas aux mêmes choses et dont il était également l'Empereur. Ce fut une faute de goût et de protocole, mais il ne s'en aperçut point ; dans l'aéronef du retour, il montra fièrement un chapelet offert par le pape : « Voilà c'que l'Saint-Père m'a donné pour mon p'tit fils ! » La version vaticane divergeait. Après la photographie souvenir au côté du pape Benoît, Notre Miraculé Monarque aurait demandé : « Vous auriez pas un chapelet supplémentaire ? » Le service pontifical précisa : « Il a dit que c'était pour sa petite nièce. » Parce qu'on s'était échangé des cadeaux, comme au Congo, et que chacun eut sa verroterie, Sa Majesté avait offert au pontife un exemplaire du *Génie du christianisme* qu'il n'avait jamais ouvert, sûrement à cause du titre plus que de l'intention réelle ; ainsi que l'écrivait M. de Chateaubriand dans une lettre du 6 mai 1799, il s'agissait d'abord d'un ouvrage de circonstance et de mode au lendemain de la Révolution, quand revinrent les proscrits : « Je ne crois pas que cet opuscule sur la religion puisse manquer sa vente, à cause du nombreux public qui le porte, tant au-dehors qu'au-dedans de la France. » Le livre sortit malignement quatre jours avant le Concordat et comme annoncé ce fut un succès, même s'il se fit étriller dans le *Journal de Paris* : « Tout ce que l'auteur voit dans le christianisme, est-il bien dans le christianisme ou dans l'esprit de l'auteur ? » Semblable verte critique dans *Bibliothèque française*, qui fustigeait l'opportunisme du vicomte : « Le vent est aujourd'hui à la religion, il faut en faire l'éloge. »

Notre Eclectique Leader enchaîna les vitesses ; il passa de sa visite courte au Vatican à la courte visite que lui rendit à Paris l'Empereur de Chine. La route d'Orly et les boulevards périphériques parisiens furent longuement bloqués pour permettre au cortège du Fils du Ciel de parvenir au Château. Le Chinois Hu possédait le globe à peu près en entier, il tissait sur lui une toile fine comme la bave des hirondelles salanganes, nul ne pouvait le négliger, il était trop puissant, trop colérique, et Sa Majesté fit les courbettes de rigueur plus quelques autres afin de ne point le courroucer.

« Aucun sujet n'est tabou entre nous ! » dit-il en lui portant un toast, mais celui des droits de l'homme le mettait dans une telle fureur qu'on n'osa l'effleurer : donner le prix Nobel de la Paix à M. Liu Xiaobo semblait obscène à l'Empereur Hu, puisque ce gredin purgeait onze ans de prison à Jinzhou pour mauvais esprit. On préféra pousser en avant dans les gazettes des contrats signés pour seize milliards d'euros, sans mentionner qu'il s'agissait pour la plupart de la confirmation de promesses de 2007 non encore honorées. Il en était ainsi des politesses et des veuleries. La Chine détenait 95 % des produits rares, lanthane, europium, holmium, qui servaient aux ordinateurs, aux téléphones mobiles, au verre industriel, aux panneaux photovoltaïques dont nous étions friands, mieux valait plier et rester souples autant que muets. Les conversations se continuèrent pendant deux jours à Nice, que l'Empereur Hu désirait connaître, et ce fut à la villa Masséna protégée comme une forteresse. Sa Majesté s'y assura du soutien de l'Empereur Hu ces jours prochains à Séoul, où il présiderait un inutile sommet mondial. On emmena dîner le Chinois à sept heures du soir à *La Petite Maison*, le quartier-général du duc de la ville, M. d'Estrosi, et la patronne, Nicole Rubi, une invitée du cap Nègre dont la fille venait d'épouser l'avocat de Notre Prince Chicaneur, servit des fleurs de courgette et des pâtes aux truffes.

Le soutien inouï de l'Empereur Hu devait consolider la réputation en miettes de Notre Rutilant Timonier qui, présidant le sommet des principaux maîtres du monde, à Séoul, allait en profiter pour pacifier son image et lui redonner un semblant de noblesse. Le voici en diplomate, en homme du dialogue et de l'écoute, en as du rond de jambe et du consensus qu'il n'avait pas su être lors de la révolte contre sa réforme des retraites, où il fut cassant, brutal. Le travail était rude. Autrefois le Nord était riche et le Sud misérable, aujourd'hui l'énergie était au Sud et les dettes au Nord. De Séoul ne sortit rien qu'un parfum de *kimchi*, un replâtrage de façade peu convaincant, des sourires et un renforcement du rôle de ce Fonds monétaire international que dirigeait un compatriote du Monarque, l'archiduc de Washington, M. Sinclair de Strauss-Kahn. Cela agaçait fort Notre Calculateur Souverain, lequel l'avait poussé à ce poste de prestige, espérant qu'il y perdrait l'envie de revenir chez les notables du Parti social dont il était issu. Il était devenu une espèce de maître des cérémonies mondiales, inévitable, qui tutoyait les grands et avait rang de chef d'Etat ; en outre il parlait l'anglais, pour faire honte à Sa Majesté qui le baragouinait. Sa tâche n'était point facile mais il semblait y briller et en tirait avantage. Allait-il délaisser ce poste flamboyant pour se lancer dans la bataille que le Parti social livrait à Sa Majesté ? L'archiduc était le mieux placé dans l'opinion, qui lui accordait son sérieux, ses connaissance économiques, sa bonne mine et son aura ; près de 62 % des voix quand Notre Vaillant Leader se traînait bien plus bas, la performance était inédite. Le Parti impérial traitait l'archiduc de Washington de dilettante, pour se rassurer, mais l'étendue de ses réseaux égalait dans le monde celle de Nicolas Ier, et si on lui parlait de son avenir il répondait au présent. Participerait-il à la joute de 2012 pour le Trône ? Il répétait qu'il était tenu par un devoir de réserve, et il ajoutait avec une féroce pincée d'humour : « Les statuts du Fonds monétaire international ne m'interdisent pas de dire des tas de choses, et pourtant je ne les dis pas. Ils ne m'interdisent pas de dire que j'adore les pâtes à la sauce tomate, et pourtant je ne le dis pas… »

Dans ce drôle de climat, Notre Souverain Sapiens devait impérieusement modifier son style. L'été était déjà loin, quand il se promenait en jeans et barbe de trois jours, quand il partait à vélo acheter une pizza chez Nono ou un beignet chez Ginette.

Occupés par la polémique sur les Romanichels, les citoyens avaient à peine vu que la France manquait d'eau et que quarante-six départements avaient été mis en état d'alerte ; ils n'avaient pas vu la canicule en Russie, asphyxiée par les incendies et menacée par le choléra, ni les inondations du Pakistan, ni les coulées de boue en Chine, à Zhouqu. Ils avaient crié contre les retraites à rallonge, ils étaient aphones quand le rideau de scène se releva sur une autre comédie-bouffe, celle du fameux remaniement que les ministres angoissés attendaient depuis le printemps. Le peuple, non. Les gens se détournaient de ce jeu de rôles qui ne les touchait guère, mais dont les gazettes raffolaient. Qui va sortir côté jardin ? Qui va rentrer côté cour ? Sa Majesté hésitait, comparait, soupesait, faisait miroiter des promotions imaginaires. Notre Prince Inspiré se rendit à Colombey-les-Deux-Eglises et s'inclina devant le tombeau de Charles Ier, fondateur de la Ve dynastie de laquelle il était l'ultime souverain régnant ; il cherchait l'appui de ce fantôme démesuré qui, en son temps, fut en tout dissemblable de ce qu'il était, tant par sa taille que par sa dimension. Il s'affirmait le continuateur de Charles Ier malgré la grogne de ses vrais héritiers. Les puristes tentaient d'imposer la reconduction du saint duc de Sablé, M. Fillon, alors que les partisans du centre, lesquels étaient par définition nulle part, lui préféraient le duc de Valenciennes, M. Borloo. On avait un instant évoqué les chances de la duchesse de Saint-Jean-de-Luz, Mme d'Alliot-Marie, parce qu'elle était jusque-là sans reproches, mais si autoritaire, si ressemblante par le fond au duc de Sablé. L'agacement grandissait au sein des troupes impériales de la Chambre, chacun mettant en valeur son champion. Le duc de Valenciennes, jurait-on au centre, saurait adoucir l'image de Nicolas Ier. Il avait fait ses preuves, il avait pris des mesures plus sociales dans sa ville, et à l'Emploi et à l'Environnement ; et puis il fumait moins de Marlboro depuis quelques jours, il suivait un régime protéiné pour dégraisser son bedon, ses costumes sortaient du pressing et le pli du pantalon marqué, il était même entré chez un coiffeur pour dompter ses mèches folles et se rafraîchir la nuque. En face, M. Fillon charmait la droite traditionnelle, il allait à la messe avec les yeux clos et les mains jointes, priant pour que les sondeurs d'opinion lui conservassent son quarante-sept pour cent d'avis favorables. Fort de cet estimable chiffre, qui dépassait grandement celui de Sa Majesté, laquelle en prenait ombrage, le duc de Sablé bombardait ses adversaires de remarques acides : « Mme de Saint-Jean-de-Luz, disait-il, aura été la plus mauvaise ministre de la

Défense de la Ve dynastie ; quant à M. de Valenciennes, c'est un allumé. » Nous n'étions point dans une guerre des idées mais des ambitions.

Notre Artificieux Souverain finit par trancher.

Il succomba aux vœux des parlementaires impériaux les plus endurcis et les mieux carrés à sa droite en reconduisant à l'hôtel de Matignon le duc de Sablé, lequel eut la modestie triomphale. Après l'ouverture des débuts, lorsque le Prince fit entrer au gouvernement des civils et des individus penchés à gauche, ce fut la fermeture afin qu'on restât entre soi. On nota l'éviction du docteur Kouchner, comte d'Orsay, magnifique symbole des ralliés, mais celui-ci s'empressa de raconter qu'il avait failli démissionner au moment de la chasse aux Romanichels ; il aurait même expédié une lettre au Château pour signifier la fin de l'ouverture et les humiliations qu'il avait subies de la part des conseillers. Il était tout de même demeuré à son poste en disant que s'en aller, c'était déserter. On le fit donc déserter en le remaniant. Peu auparavant, lors d'un dernier conseil au Château, il avait jeté avec son ordinaire servilité : « Sire, vous avez négocié avec les Grands-Bretons un accord historique ! Depuis la bataille d'Hastings, il n'y avait jamais eu une telle coopération militaire entre nos deux nations ! » A quoi le duc de Sablé avait répliqué en frisant un œil narquois : « Churchill avait proposé un accord plus important pendant la Seconde Guerre mondiale. » Le transfuge Bockel, le nez sur le tapis, suivit le comte d'Orsay dans la disgrâce et le malheur, comme la princesse Rama en dépit de sa notoriété éblouissante, aussi M. Morin qui se savait menacé depuis toujours et essayait de fédérer les centres, et le duc de Chantilly, M. Woerth, ce boulet à traîner, afin qu'il pût officiellement s'occuper à loisir de ses démêlés personnels avec les juges.

Les choses se passèrent mal avec le duc de Valenciennes, qui claqua la porte un lundi à seize heures trente : « Je suis le couillon du gouvernement ! Vous m'avez tous pris pour un con ! Comment puis-je rester après que le duc de Sablé a dit de moi que j'étais un zozo ? Il me faut des excuses publiques ! et encore ! ça ne sera sans doute pas suffisant ! » Le duc de Valenciennes, que les gazettes donnaient vainqueur, avait le double sentiment d'avoir été floué et qu'on lui avait volé son emploi de Premier que Sa Majesté lui avait garanti. Il voyait au contraire le Parti impérial se rétrécir autour de son noyau d'origine ; les anciens barons du roi Chirac revenaient en force, comme le duc de Bordeaux, numéro deux, comme la duchesse de Saint-Jean-de-Luz pour se substituer au comte d'Orsay, ou le pétaradant M. Baroin, duc de Troyes, qui s'incrustait au Budget et se faisait fort de porter au-dehors la parole impériale, avec sa voix lente, basse et soporifique de fakir. Notre Roublard Suzerain aimait qu'on le courtisât ; lui-même courtisait l'opinion pour durer. Désireux de surprendre, lui dont la bouche était accoutumée aux dérapages grammaticaux, il renoua un soir avec le grand style à propos de M. de Valenciennes : « J'aurais aimé qu'il restât. »

Ulcéré, refusant tous les ministères que le Prince lui offrait, M. de Valenciennes retourna à Valenciennes. C'était lui le dindon. Il avait en horreur ces mines apeurées de la Cour qui se détournaient et l'auraient salué bas s'il était devenu Premier. La personnalité friable de cet ancien scout, ancien avocat d'affaires, fantasque, intuitif, lequel pouvait passer de la passion à la dépression en moins d'une heure, posait certains problèmes à Nicolas Ier ; vexer un serviteur atypique pouvait se retourner contre lui, car il risquait par dépit de devenir dangereux. M. de Valenciennes avait été bafoué, et il se demandait pourquoi, égrenant ses mérites ; n'avait-il pas voulu réconcilier l'homme et la nature ? Il avait réduit le tonnage des pesticides, multiplié les éoliennes, protégé les hippocampes et interdit les biberons au bisphénol A. Il avait vu avec désolation le désert manger la Guinée, et des icebergs fondre comme des glaçons dans un verre. Il ignorait les trois quarts des gens qui voyaient dans sa politique de l'environnement un échec, mais nous étions déjà en hiver, la température chutait et le verglas empêchait les autobus de ramasser les écoliers…

Le scandale récurrent de l'hiver fâchait.

Des citoyens réclamaient un coupable précis, afin de le punir pour ces tempêtes de flocons qui dérangeaient leur confort. Cela fournissait des raisons au pessimisme que seuls les Kosovars égalaient ; les Vietnamiens, les Bengalis ou les Nigérians étaient plus heureux et confiants dans l'avenir. Nous ne supportions plus le froid, le brouillard et le gel. Nos appareils trop sophistiqués cassaient, les automobiles patinaient et les aéronefs, aveuglés, ne quittaient plus leur piste. M. d'Hortefouille expliqua que tout allait bien sur les routes bloquées, au moment où il était condamné une nouvelle fois pour ne pas avoir respecté la présomption d'innocence de M. Sénat, l'adjoint de la duchesse de Saint-Jean-de-Luz. Soutenu par Sa Majesté, il insista lourdement en affirmant, au plus fort de la pagaille, qu'il n'y avait point de pagaille. M. Fillon, duc de Sablé, se prononça sur cet hiver rigoureux depuis Moscou où il était en visite chez le tzar Vladimir. Lui, il désigna une coupable, la météorologie qui n'avait pas prévu la neige abondante, ce qui était faux. En revanche, les aéroports avaient manqué de produits dégivrants mais cela ne devait pas empêcher les ministres de prendre des vacances à Noël. Beaucoup choisirent le soleil du Sud. Ainsi, M. Fillon échappa aux moufles et aux rues glissantes en allant chez le pharaon Moubarak. Leurs Majestés avaient choisi le Maroc, M. de Valenciennes aussi. La duchesse de Saint-Jean-de-Luz, pour son plus grand malheur, s'envola vers la Tunisie en famille.

Chapitre III

MADAME SAVOURE SON POUVOIR. – WIKILEAKS AU VENT DE LA FLIBUSTE. – LA FLAMME TUNISIENNE. – UNE FAMILLE MAFIEUSE. – FAUX PAS DE LA DUCHESSE DE SAINT-JEAN-DE-LUZ. – SES DERNIÈRES VACANCES. – CONTAGION. – UN PHARAON EN FUITE. – À QUI LE TOUR ? – LE VICOMTE DE SAINT-GERMAIN COSTUMÉ EN MALRAUX. – NICOLAS Ier CHEF DE GUERRE.

Madame s'abandonnait avec une somnolence tranquille aux délices du pouvoir. Elle avait toujours vécu entre les palais et les palaces, mais il y avait désormais un je-ne-sais-quoi d'insolent dans l'art de se faire servir, un rapport de force permanent qui se superposait à l'arrogance ordinaire des nantis, ce supplément qu'apportait la haute politique à l'argent. L'allure distante de Madame, selon un institut qui sondait les cœurs, irritait plus d'un sujet sur deux. Pourtant elle faisait effort, elle osait la simplicité et la compassion affichée, mais lorsqu'elle parut dans une émission de propagande impériale à sa gloire, durant une heure longue et lente, elle ne fut que langoureuse.

Tout en elle sonnait faux. On entendait des couturiers et des chanteurs complaisants qui s'extasiaient sur son filet de voix, et elle, chichiteuse, murmurait avec fadeur des banalités en guirlandes ; il fallait de la curiosité amusée ou de la bravoure pour supporter tant de guimauve, or, cette glamoureuse hagiographie s'inscrivait dans un plan ; Madame avait dépensé son automne à gommer les vilaines rumeurs qui pesaient sur l'admirable couple qu'elle formait avec le Prince, lequel n'était à l'évidence que l'appareillage d'une beauté arrangée avec un petit nerveux. Et d'enquiller de raides clichetons en les dévidant jusqu'au bout : « Moi, dit-elle d'une voix de miel, je ne suis que *la cerise sur le gâteau*, j'essaie d'être une belle cerise, en tout cas une cerise qui ferait honneur à ce gâteau fantastique », car elle comparait Sa Majesté à une sorte de pudding.

Madame avait une vie facile et facilitée par une nuée de laquais et de courtisans, quoique parfois il lui fallût endurer certains camouflets, ainsi en Arles où le très proche M. Pascalou de Rostain, chasseur d'images, fut hué par le public lorsqu'il projeta ses portraits intimistes du couple impérial, dont il avait l'exclusivité. Pour qu'on pardonnât à Madame, il convenait de la contempler d'un coin du monde à l'autre puisqu'elle était supposée nous représenter. Elle fut aux Indes comme en ambassade. Dans l'avion d'occasion que Notre Rapide Monarque avait commandé pour deux cent cinquante-neuf millions d'euros, et qu'il avait fallu pourvoir de moteurs neufs, escorté par deux autres avions Falcon, Madame fit « Wow ! » en sortant sur la passerelle. La suivit une Cour portative d'hommes d'affaires, de conseillers et de profiteurs ; Madame avait également imposé quelques amies à la mode.

Leurs Poseuses Majestés furent reçues à New Dehli au son des tambours folkloriques, elles défilèrent sous un dais mordoré et une pluie de roses rouges. Se rendre au dîner du Premier indien provoqua une séquence muette et folle comme dans une comédie burlesque de M. Mack Sennett. Mamma Marisa, la mère de Madame qui possédait la villa du cap Nègre, ne savait dans quelle limousine monter ; le protocole lui indiqua laquelle, mais par la vitre de la portière gauche elle vit le profil altier du Prince son gendre, aussitôt elle changea de côté pour la portière droite que sa fille venait d'emprunter afin de s'asseoir à côté d'elle ; dedans, elle se retrouva quand même à côté du Prince, parce qu'entre-temps Madame s'était installée à contresens de la marche ; de méchante humeur à cause de ce ballet, le Prince alla s'asseoir à côté de son épouse, laissant la place d'honneur à Mamma Marisa en dépit de l'étiquette. Le lendemain de ce dîner où Sa Majesté causa de gros contrats d'armes et de nucléaire avec ses partenaires indiens qu'il voulait entourlouper, Madame, dont les gazetiers locaux étaient amoureux, fit sa mijaurée à l'Institut spatial de Bangalore ; devant une maquette de satellite qui ressemblait désespérément à toutes les maquettes de tous les satellites, elle joua l'émerveillement : « Wow ! que c'est beau ! » Puis elle décida de visiter le Tâj Mahal, pareille à ces touristes qui à Hanoi voulaient voir Along ou à Paris rêvaient du Mont-Saint-Michel. Les rues d'Agra furent vidées de leur circulation et quinze mille touristes cantonnés dans leurs hôtels, pour que Leurs Majestés s'ébahissent pendant quarante minutes devant le monument et sa coupole : « Wow ! » On dégusta un coucher de soleil digne des cartes postales, depuis la terrasse de l'hôtel Oberoi Amarvilas qui se vantait de transformer les vacanciers en maharadjahs. Le *Sunday Pioneer* titra : « Nicolas en vacances romantiques avec Madame. » On eut droit à une seconde visite privée dans la cité moghole de Fatehpur-Sikrî ; Akbar Ier la construisit en l'honneur d'un ermite soufi dont la bénédiction provoqua la naissance de ses trois fils ; un miracle digne de l'archange Gabriel. Madame accrocha un petit ruban rouge à une grille et fit un vœu. Lequel ? demanda-t-on au gardien du site ; il avoua aussitôt : « Elle m'a demandé de prier pour qu'elle ait un fils. » Lorsqu'on interrogea Madame sur l'accueil des Indiens, s'il l'avait surprise, elle répondit presque tout de suite : « Surprise et touchée. Ça change de la France. » Pour ne pas trop la changer de la France, elle avait repéré un libelliste français mal embouché et lui fonça dessus avec un air mauvais : « Très bien, votre article, super-bienveillant ! » Ce malheureux n'avait que rapporté les propos d'un patron de l'aéronautique, au sujet des quinze milliards d'euros récoltés par Sa Majesté : « C'est n'importe quoi et les chiffres sont faux. » Madame aurait dû rester en Inde, mais non, elle collait à son époux glorieux et s'envola pour les Antilles. Là-bas, malgré l'habituelle petite foule qui acclamait, des militants impériaux rameutés pour faire la claque entre deux étals de bananes du marché de Fort-de-France, les péquins ronchonnaient aussi bien que chez nous, sauf une marchande qui remarqua que Madame était coiffée comme une Martiniquaise avec sa couette remontée, c'est-à-dire sa queue-de-cheval. C'était la chaleur qui la dissuadait de laisser tomber ses mèches dans le cou, au reste elle tamponnait amoureusement avec un kleenex le front et la nuque de Notre Pauvre Souverain, lequel suait à larges gouttes entre ces échoppes non climatisées. Les locaux n'en souffraient pas, ils savaient se tenir, surtout ceux qui avaient une carte du Parti impérial en collier.

Madame le répétait alors, elle voulait jouer un rôle plus actif auprès de *Monmari*, mais les conseillers du Château hésitaient à la pousser en piste, à cause des paillettes qui lui collaient à l'image. Comment avec elle reconquérir les classes populaires, et même s'attacher la droite, laquelle n'oubliait pas que Madame avait des amitiés chez les artistes proches du Parti social ou pire encore ? Les purs impériaux n'osaient le dire trop haut mais cela les défrisait. Madame dut se résoudre à demeurer dans le fond du tableau, malgré de brèves apparitions énamourées ; pour mieux épauler Sa Majesté et distendre ses liens supposés avec son ancien milieu, longtemps effleuré, elle osa des déclarations que les gazettes reprirent et parfois moquèrent : « J'ai fait partie d'une communauté d'artistes. On était bobo, on était de gauche mais, à ce moment-là, je votais en Italie. Je n'ai jamais voté pour la gauche en France, et je vais vous dire, ce n'est pas maintenant que je vais m'y mettre. Je ne me sens plus vraiment de gauche. » Elle continuait à propos de la campagne électorale, officieusement entamée aux Antilles pour la réélection du Prince en 2012 : « Je serai évidemment derrière lui, s'il se lance. » Nous étions rassurés. Madame s'affirmait en top model de droite.

Dans le salon vert du Château, à l'occasion du nouvel an, Notre Facétieux Monarque plaisanta avec les élus impériaux convoqués et captifs, forcément conquis d'avance par son bagout, auxquels il apprit : « Je suis là pour deux mandats, pas plus. Après, ce sera la *dolce vita* ! » Rires des assistants. Mais pourquoi ne pas mettre tout de suite en œuvre ce programme, popularisé par l'immense M. Fellini dans un film où il voyait dans le beau monde plus d'ennui et de désenchantement que de plaisir ? Sa Majesté n'avait retenu que le mot et avait oublié l'œuvre, qui enfanta du terme de *paparazzi* qu'il connaissait si bien. Non, Sa Majesté entendait s'incruster et prolonger contre nous son règne pénible. Un livre avait attiré son attention, puisqu'à succès, *L'Empereur des riches*, le présentant ainsi sous un jour sombre et rebutant. Il en fit un sujet de galéjades, et à ceux qu'il emmena un jour dans son aéronef somptueux, il prit cette condamnation sur le mode plaisantin : « Je suis désolé, y a pas beaucoup de recul sur le court de tennis, mais y a des maillots de bain, si vous voulez tester la piscine… » Rires des courtisans. Moins de rires lorsqu'il alla à Blagnac rencontrer des ouvriers qui lui faisaient défaut. Il ne fut guère convaincant en se montrant comme un sauveur de l'économie et de l'emploi. Evidemment, on lui avait caché la centaine de manifestants furieux que contenaient au loin des policiers en meute. Malgré ces tracas réguliers, il avoua préférer aller au-devant du peuple que sur les fenestrons où, en effet, on ne le vit plus qu'une seule fois par jour. Las ! Notre Impassible Leader était détesté aujourd'hui par une majorité de ses sujets. Il balayait cette cruelle aversion : « Voyou, nazi, nul, ça m'dessert pas. » Ce rejet gagna jusqu'aux salles des mariages dans les mairies. A Bauvin, gros bourg du Nord-Pas-de-Calais, le maire fut prié de décrocher le portrait du Prince à la demande de trois couples qui refusaient de dire *oui* sous son regard. Il attirait la foudre par son existence même. Ce fut alors de l'étranger qu'on entendit un vrai tonnerre, qui résonnait comme des tambours guerriers, et d'abord, par absolue surprise, dans le ciel dur de la Tunisie.

M. Hakim Bey vivait dans une roulotte au milieu des marais du New Jersey, et il rêvait d'instaurer de nouveaux rapports humains. En 1985, à Brooklyn, il publia *Temporary Autonomous Zone* qu'on pouvait traduire en français par *Zone d'autonomie temporaire*. Ce fut le premier manifeste de l'ère électronique. Dès les premières lignes, Hakim Bey clarifiait son propos : « Il y a deux siècles, les corsaires et les pirates avaient tissé un réseau d'informations qui couvrait la planète : à l'origine simple révolte contre un système commercial sans pitié, le réseau a fonctionné d'île en île, repaires secrets, où les navires pouvaient se ravitailler, dépenser ou dilapider leur butin. Quelques-unes de ces îles abritaient des communautés hors la loi, pour une période limitée mais toujours vécue avec intensité. »

Dans les années quatre-vingt, de même que ces pirates aux noms légendaires, des marginaux s'emparèrent d'une électronique naissante et constatèrent la fragilité du système. Les habitants proches de la base aérienne de March, en Californie, étaient avertis des déplacements de l'avion de M. Reagan ; lorsqu'il atterrissait cela bloquait la porte automatique du garage. Un autre recevait une émission de rock sur son grille-pain. Il y avait des brèches dans le monopole électronique. L'Etat n'était pas plus invincible que les ventrus galions espagnols qui transportaient l'or du Pérou. La voie était ouverte aux pirates. Pour ces pionniers de l'insubordination et de la subversion carabinée, l'accès à l'ordinateur devait être sans limites ; il fallait détourner et jouer avec. Fondez-vous dans le décor, disaient-ils, devenez presque transparents, reliez-vous par un réseau d'informations multiples, la Poste, le téléphone, les fanzines, le bouche à oreille. Ce qui importait c'était l'horizontalité de cette structure, en opposition à la verticalité des pouvoirs établis. L'ordinateur devait jouer le premier rôle, car, précisait Hakim Bey, un système de contrôle universel était impossible.

Au sein du magma électronique qui désormais portait autour du globe son lot de calomnies anonymes, de propos teigneux, de sottises, d'images qui réjouissaient les pédophiles et de recettes immanquables pour fabriquer une machine infernale, ou simplement acheter des armes, on débusquait quelquefois, en suivant la vision d'Hakim Bey, d'authentiques captain Kid attachés à violer des secrets d'Etat.

Le vaisseau amiral de la flibuste se nommait le *WikiLeaks*. Sur ses flancs il sortait des canons à informations qui visaient juste. Naviguant depuis des années, il annonçait toujours ses abordages : « Nous allons diffuser une vidéo du bombardement d'un village afghan par l'armée américaine », et dans le monde entier on visionnait les images de dizaines de civils tués, ou celles de cet hélico qui mitraillait à Bagdad d'autres civils. Au fil des ans, *WikiLeaks* se spécialisa dans le détournement d'images et de câbles diplomatiques aussi secrets que révélateurs. Nous y apprîmes comment Notre Prince Furibard avait été berné par le tzarévitch Dimitri lorsqu'il crut négocier un cessez-le-feu avec la Géorgie, comment les Russes avaient signé un autre accord en le substituant au sien, et comment Notre Majesté Immature avait saisi le ministre Lavrov au collet en le traitant de menteur. Il y avait bien des trésors dans les soutes du *WikiLeaks*. On sut les liens que Notre Piètre Monarque et sa garde rapprochée nouaient avec la Maison-Blanche. Avant même que Sa Majesté accédât au Trône, l'ambassadeur des Etats-Unis sut qu'elle se présenterait et la tenait pour « l'homme politique qui soutient le plus le rôle des Etats-Unis dans le monde ». Cela était néanmoins tempéré par une nouvelle remarque pour souligner que Nicolas Ier « avait très peu d'expérience en politique étrangère et parlait un anglais très limité ». Ambitieux, assoiffé d'action, il se proposait quand même d'aider Johnny Walker Bush, qu'il était si fier d'avoir rencontré, pour le soutenir dans sa guerre contre les Irakiens.

Le *WikiLeaks* détenait dans sa sainte-barbe, où les pirates remisaient la poudre incendiaire, près de deux cent cinquante mille télégrammes confidentiels américains qui narraient par le menu l'état du monde.

Transmis illégalement, par un soldat écœuré, par un ancien banquier, par un diplomate peut-être, ces documents furent proposés à la vérification et à la publication aux cinq gazettes internationales les mieux cotées, qui les distillèrent au gré de leurs éditions à ces béotiens que nous étions. Ce qui dérangea les combinaisons de Notre Sulfureux Souverain, ce fut de lire, entre autres choses, que vingt-huit millions d'euros avaient été frauduleusement tirés de la Banque des Etats d'Afrique centrale par le roi Bongo, lequel en fit profiter ses amis politiques français auxquels il donnait des ordres toujours exécutés ; la gazette *Jeune Afrique* reprit l'accusation en spécifiant que « les procédures suivies relevaient du manuel du parfait escroc : fausses signatures, doubles paiements, falsifications de relevés bancaires… ». Nous notions également, dans ces dépêches, la précipitation de Notre Fougueux Timonier lorsqu'il s'ouvrit au sultan de Damas, le trouble M. Assad-aux-mains-rouges, long comme une asperge à moustaches fines, avec la tournure amidonnée d'un garçon d'ascenseur de la Samaritaine ; celui-ci fut reçu à Paris, nous l'avions aperçu sur la tribune du 14 Juillet, et, pourvu qu'on ne lui demandât pas de libérer dans son pays des prisonniers politiques savamment charcutés, il jouait les aimables en toute mauvaise foi. Un ambassadeur français, parfait arabisant, confiait à son homologue américain que les Syriens étaient maîtres « dans l'art d'éviter de réelles concessions. Ils savaient envelopper leurs interlocuteurs dans une atmosphère merveilleuse et des conversations réjouissantes, avant de les renvoyer les mains vides ». Ce que Notre Etincelant Potentat ne perçut point. Tout récemment encore, il avait invité Assad-aux-mains-rouges à dîner au Château, puisque sa proximité avec la Russie, l'Iran des mollahs, la Chine si ouverte au monde et le Liban dépecé le rendait si important qu'on devait le ménager. Il était fréquentable, puisque son épouse anglaise et moderne d'allure avait eu droit à un entretien dans le *Vogue* américain qui la surnommait *La rose du désert*. Notre Naïf Souverain ne voyait pas que ce garçon timide était le fils d'Assad-le-Sanguinaire, un esthète du crime qui avait mitraillé au canon trente mille de ses opposants dans les années quatre-vingt, et qui se référait à la part satanique de la Renaissance italienne où il se trouva aisément des cautions ; il devait songer aux exploits d'Ezzelino da Romano, lequel, en s'emparant de la cité de Driola, arracha le nez, les yeux et les jambes de ses habitants qu'il laissa mourir saignant et gémissant. Assad-le-Sanguinaire était un homme du XIIIe siècle. Son fils aussi. Par malheur, Notre Majesté ignorait à quel point l'histoire des hommes se répétait.

En revanche, les Américains maudissaient *WikiLeaks*. Ils avaient compris, mais trop tard et pleins de regrets, qu'ils avaient été bien légers de confier leur correspondance diplomatique à un système informatique militaire tellement protégé qu'un jeune homme de vingt-deux ans pût la copier sur un CD de Lady Gaga. Désormais, la Terre dans son ensemble apprenait les coulisses des pouvoirs, et aux ronchons qui prétendaient le savoir déjà, répondons qu'ils étaient des spécialistes et n'en faisaient jusque-là profiter personne. L'information sortait du vase clos. La plupart des tyrans étaient servis. Ceux d'Afrique du Nord, que nous caressions tant, eurent leur lot. A propos de la Tunisie, *WikiLeaks* nous donnait à voir un régime corrompu et sclérosé. Ce gouvernement n'acceptait aucune critique, ni de l'extérieur, ni de l'intérieur. On lisait : « Ce sont surtout l'épouse de Ben Ali, Leila, et sa famille élargie, les Trabelsi, qui provoquent la colère des Tunisiens. » Ce gang contrôlait le pays, y possédait une compagnie aérienne, plusieurs hôtels, une radio privée, des usines d'assemblage automobile, des sociétés dans l'immobilier et le tourisme. La Tunisie était leur entreprise ; ils volaient, touchaient des pots-de-vin, accaparaient des terrains, des banques. Tout. Et rien pour la population.

A Sidi Bouzid, une ville dépourvue loin des plages, où les touristes ne s'égaraient jamais, ce fut un 17 décembre que la révolution commença. Un jeune diplômé au chômage vendait à la sauvette des fruits dans son chariot à bras. Il s'était installé en face du palais du gouverneur, un bâtiment bleu et blanc surchargé de stucs. Une patrouille de six municipaux arriva devant lui et confisqua sa balance, sept kilos de bananes et deux cagettes de poires dont il espérait tirer vingt dinars, à peine dix euros, si les clients venaient. Il protesta. Une agente l'insulta. Il voulut se plaindre à la mairie mais on ne le reçut pas. Ce fut pareil chez le gouverneur. Alors il acheta au kiosque un bidon d'essence de térébenthine, s'en aspergea et craqua une allumette pour se changer en torche. Il s'appelait Mohamed Bouazizi, et en s'enflammant il enflamma les pays arabes. Dès le lendemain des centaines de jeunes villageois vinrent s'asseoir pour protester devant le palais du gouverneur, qui les éparpilla au gaz lacrymogène. Dans une bourgade voisine, en criant : « Je ne veux plus de misère et de chômage », un autre jeune s'accrocha à une ligne à haute tension et mourut électrocuté. Il y eut des voitures de police incendiées, un train de marchandises, des bâtiments dévastés ; la police tira. Les manifestations gagnèrent le centre de la Tunisie, jeunes et moins jeunes se rassemblaient à Bizerte, Sfax, Kairouan, Sousse... On vit des journalistes tabassés et l'information contrôlée plus sévèrement encore, mais rien n'y fit ; les images et les mots étaient diffusés sur des sites électroniques inatteignables.

Cette terre du soleil et du farniente, où selon Notre Sagace Souverain, les libertés progressaient, soudain s'embrasa au nom des libertés. A Kasserine, pendant un enterrement, la police continua à tirer et à tuer. La répression se poursuivit à Tala. Les hommes du sultan visaient des enfants, des vieilles dames, des commerçants. Les affiches du dictateur furent lacérées ou caillassées. Sfax proclama la grève générale. Les banques et les supermarchés de la famille Trabelsi furent attaqués à Tunis, à Hammamet. Le sultan parut sur les fenestrons officiels. Planté derrière un pupitre, cheveux peints en noir corbeau, les yeux écarquillés sur un prompteur, il lut en tunisien dialectal un discours monocorde. Après avoir déjà promis le châtiment aux voyous à la solde des étrangers, il promit cette fois trois cent mille emplois, la démocratie, l'arrêt des fusillades, la liberté des gazettes. Plus personne ne le croyait. Les gens n'avaient plus peur et scandaient un unique mot d'ordre qui fit honneur à la francophonie : « Dégage ! » Lorsque l'armée refusa de braquer ses fusils sur le peuple, le peuple embrassa ses officiers ; le sultan Ben Ali dégagea et l'air de Tunisie embauma le jasmin. Ce fut un 14 janvier, moins d'un mois après l'étincelle de Sidi Bouzid, qu'une armada de véhicules luxueux roula vers l'aéroport. La femme du sultan, Leila, éphémère coiffeuse et chef de clan, était rentrée de Dubaï où elle avait abrité quatre cents millions de dollars. Elle poussa méchamment le sultan hébété dans la carlingue, en le traitant de poltron et de gros crétin. Ils s'envolèrent vers l'Arabie saoudite.

Cela nous permit de redécouvrir ce que M. Camus écrivait en 1944 pour montrer à quoi les tyrans s'employaient : « On lit déjà dans les historiens de la Grèce que les aristocrates de certaines cités hellènes devaient, en prenant possession de leurs charges, prêter le serment de toujours nuire au peuple. » Gageons qu'avec une brochette de ses semblables le sultan Ben Ali prêta ce serment. Ce vrai mépris, qui causait une vraie misère, il l'appliquait depuis vingt-trois ans en se reposant sur sa police pléthorique. Lorsqu'il disparut en terre islamique où il avait ouvert de nombreux comptes en banque, lui qui avait su éliminer les musulmans les plus fanatiques de son sol, il n'en conçut aucune gêne. Les Occidentaux l'aimaient pour ce rempart sanglant qu'il élevait contre les barbus soupçonnés de piéger des voitures au centre des villes. Dans les palais que le clan indésirable laissa dans sa fuite, les Tunisiens comprirent l'étendue des rapines de cette mafia. L'accumulation des richesses stupéfiait, rien que dans la villa de Sidi Bou Saïd, édifiée sur un terrain militaire et louée à l'Etat, c'est-à-dire au sultan qui touchait de fortes sommes pour y habiter ; on mit au jour des bibliothèques pivotantes, des caches dans des plis de rideaux, des coffres profonds de deux mètres où se serraient des liasses de billets, des pièces anciennes en or, des ceintures du même métal, des parures de diamants, émeraudes, rubis, perles fines. A coups de privatisations, de racket, de chantage, de menaces, on calcula que la fortune des Ben Ali approchait dix milliards de dollars, soit le montant de la dette du sultanat. Si le couple fatal s'était enfui avec ses titres de propriété nous savions chez Notre Cupide Monarque que la femme du sultan, qui adorait l'argent, venait d'acquérir un hôtel particulier avenue Foch, à Paris, comme son gendre dans le Marais, qu'elle avait les clefs de plusieurs appartements des beaux quartiers, une villa sur la Côte d'Azur, un chalet à Courchevel.

L'ennui, avec les dictatures, c'était qu'elles se situaient le plus souvent au soleil et qu'il faisait bon s'y allonger sur le sable. Toutefois, d'éminents courtisans de Notre Discret Despote, lesquels fréquentaient l'ignoble régime du sultan Ben Ali et de sa tigresse d'épouse, semblaient perdre leur mémoire et n'avoir jamais connu ces infréquentables. Pourtant l'association Echanges franco-tunisiens, créée par un directeur de palaces au Maroc et en Tunisie, dévoué au sultan, avait invité pour le vingtième anniversaire de ses largesses le comte Fenech du Parti impérial et le duc de Valois, M. Mitterrand-le-neveu qui jouissait de la double nationalité, d'une maison à Hammamet et était décoré du grand cordon de l'ordre du 7 Novembre, comme d'ailleurs Notre Majesté, ce qui lui permit d'affirmer au cœur de la révolution qui montait : « Dire que la Tunisie est une dictature univoque me semble exagéré. » Même l'archiduc de Washington, M. Sinclair de Strauss-Kahn, quand il fut mêmement décoré par le sultan de l'insigne de grand officier de l'ordre de la République, émit en remerciement le jugement d'un expert qui voyait loin : « L'économie tunisienne va bien malgré la crise. La politique économique qui est conduite est saine, et je pense que c'est un bon exemple à suivre pour les pays émergents. » Rappeler cette fâcheuse phrase faisait pousser des glapissements dans l'entourage de l'archiduc : « Mais c'était en 2008 ! » Certes, mais pour raviver les plaies, il suffisait de rappeler que le sultan Ben Ali n'avait entre-temps point changé, qu'on torturait déjà dans ses prisons et qu'on pressurait partout le peuple, lequel aujourd'hui se réveillait d'une trop longue somnolence. Au-delà de ces considérations, la Tunisie était une terre d'accueil pour les gens de pouvoir, si menu fût ce pouvoir. Ils venaient se décontracter dans les palaces de Zarzis, entre les parasols et ce désert qui les écartait des malheureux. Un homme d'affaires, apprécié du sultan, invita souventes fois des politiques dans son groupe hôtelier Sangho, même si Notre Moelleux Monarque et Madame préféraient le Maroc voisin quand on les disait au cap Nègre ; là, ils avaient droit à la résidence royale qu'ils connaissaient bien de Jnane Lekbir, à trois kilomètres de Marrakech où les barons impériaux venaient dissoudre leurs tracas, où M. d'Hortefouille assistait à la messe de Noël à côté d'une chanteuse, et croisait dans les souks quantité de députés, anciens ministres, industriels obéissants, grands patrons à quatre pattes, scintillantes vedettes des fenestrons et des feuilles officielles. Personne, pour l'instant, ne reprochait au duc de Sablé, M. Fillon, lequel prêchait la rigueur, de répondre à la charmante invitation du pharaon Moubarak alors stable sur son trône sinon de la prostate. Tandis que l'équipage de son Falcon 900 séjournait une dizaine de jours à l'hôtel cinq étoiles Pyramisa, le duc et sa famille nombreuse furent hébergés dans la maison privée de l'hôtel Mövenpick, sur l'île Elephantine, puis, d'Assouan ils se rendirent en jet au temple d'Abou-Simbel pour s'émerveiller parmi des policiers égyptiens, puis ils bénéficièrent d'un tour en bateau sur le Nil et admirèrent un soleil orange se coucher sur les dunes. Dès qu'on critiqua ce voyage familial et gratuit, le duc répliqua qu'il avait rencontré le pharaon pendant au moins une heure et demie, et qu'ils parlèrent d'autres problèmes selon lui plus pressants, laissant ses employés du ministère imaginer de foudroyantes dérobades, qui furent piteuses : « Quand il vient en France, est-ce que M. Obama paie ses vacances ? » Non ? Sans doute, mais il logeait à son ambassade et pas au Ritz.

Nous arrivions de la sorte au plus grave de ces congés payés qui, s'ils ne coûtaient point au contribuable, coûtaient en image, en politique et en morale. Une fois encore, si elle n'avait pas ouvert la bouche, la duchesse de Saint-Jean-de-Luz s'en sortait indemne, mais elle crut bon de s'exprimer dans l'hémicycle devant les représentants. Pardonnez cette audacieuse comparaison, mais ce jour-là, cette ministre au mutisme proverbial, qui lui valait une surprenante longévité, ressembla au Porthos de M. Alexandre Dumas ; à la fin du *Vicomte de Bragelonne*, ce gigantesque mousquetaire courait dans un souterrain miné, quand, brusquement, il s'arrêta net : « Pourquoi est-ce que je mets un pied devant l'autre pour courir ? » se demanda-t-il. Cette pensée le tua puisque la montagne s'écroula sur son dos. Ainsi, le premier jour où il se mit à réfléchir, Porthos en mourut. De même, la première fois que la duchesse d'Alliot-Marie émit une décision personnelle, elle tomba grillée comme un bouquet de gambas. Elle avait dit fermement, avec sa conviction rageuse, alors même que la révolution s'affermissait, une semaine avant la fuite des dictateurs : « Pour régler une situation sécuritaire de ce type, offrons le savoir-faire de nos forces de sécurité en matière de techniques du maintien de l'ordre. » La moitié des députés éleva contre elle un hourvari, les autres furent consternés, d'autant qu'on apprenait que le Quai d'Orsay, le ministère de l'Intérieur et notre ambassadeur à Tunis avaient délivré l'autorisation d'exporter des grenades lacrymogènes. Plusieurs tonnes de ces grenades étaient en passe d'être étiquetées à l'aéroport de Roissy dans les entrepôts de la société Sofexi ; il y avait en plus des uniformes de policier et des matraques. « Ce sont des accusations sans fondement ! » intervint le duc de Sablé pour protéger son gouvernement complet et dédouaner la duchesse à défaut des munitions. Avec une rare élégance, afin de ne point répondre sur aujourd'hui il accusa avant-hier, et il se tourna vers les députés du Parti social : « Quand il était aux commandes, le Commodore Jospin n'a-t-il point livré au sultan un semblable matériel ? Vous devriez avoir honte ! » Le duc de Sablé n'avait aucune honte mais sa voix se perdit dans un claquement général des pupitres.

Le comportement de la duchesse eut des conséquences. On savait son goût pour les vacances à Djerba et une gazette satirique ne relâcha pas ses mâchoires de son fessier ; comme cette feuille distillait au compte-gouttes ses informations, d'un mercredi sur l'autre, la duchesse se mit à mentir par omission, certaine de son impunité autant que le duc de Chantilly, M. Woerth ; ainsi que lui, elle ne voyait le mal nulle part. Une semaine après le début des émeutes, cependant, la ministre des Affaires étrangères avait embarqué en famille sur un vol de Tunisair pour Hammamet. Elle voulut ensuite se rendre à Tabarka au Sentido Beach, un hôtel qui appartenait au vizir Miled, un ami de longue date, lequel mit à sa disposition gracieusement son Challenger 600 immatriculé TS-IBT. « C'était par hasard, dit la duchesse, il allait au même endroit et proposait de m'accompagner avec mes vieux parents car la route était longue et inconfortable. »

La duchesse se dépensa dans les gazettes et sur les fenestrons pour répondre aux calomnies :

— J'ai payé mon voyage ! rugit-elle.

— Au nom de qui, la note de l'hôtel de Tabarka, avec une suite présidentielle pour votre famille et des gardes du corps à l'étage ?

— Dans les cinquante euros la nuit, je pense, mais qui d'entre nous a payé ? Mon compagnon peut-être, ou mon père, ou moi...

— Un prix d'ami.

— M. Miled est un ami que nous avons déjà invité à Saint-Jean-de-Luz ! Ce n'est pas un crime ! Très honnêtement, je n'ai pas vu que ça pouvait poser un problème de monter dans son avion !

— Votre Succulence m'excusera, mais n'est-il point dans la proximité du sultan et de la sultane ?

— Lui ? Pas du tout ! C'est un homme d'affaires très estimé en Tunisie et qui a été spolié par le régime.

En réalité, cette victime spoliée était associée avec le beau-frère détesté du sultan Ben Ali. Il dirigeait une compagnie d'aviation et une agence officielle de voyages, *Tunisian Travel Services*, des complexes immobiliers, une banque ; il avait signé une pétition pour que le sultan pût briguer un quatrième mandat, d'ailleurs il était le bailleur de fonds de son comité électoral, décoré même du grand cordon du 7 Novembre. Il chantait la probité de M. Ben Ali, sa vision perspicace et l'amour de son peuple. Si vous appreniez à la duchesse les frasques de son ami le vizir Miled, elle se drapait dans son écharpe et vous toisait : « On me cherche parce que je dérange, disait-elle. Et puis, quand je suis en vacances je ne suis plus ministre ! »

Qu'en pensait, à ce stade, Notre Nerveux Prince ? Il piaffait de fureur :

— Qu'elle la ferme ! Qu'elle la boucle ! Faites-la taire ! Chaque fois qu'elle parle, elle s'enfonce ! Si elle nourrit la chaudière, on court à la catastrophe ! Ça va faire des dégâts considérables dans l'opinion ! Z'allez voir les prochains sondages !

— Un beau merdier, Sire, reconnut en écho le duc de Sablé qui tentait de camoufler son échappée familiale au bord du Nil.

D'abord abattue par une tempête de révélations qui la foudroyait, la duchesse de Saint-Jean-de-Luz rectifia ses propos en l'air. Les envois de grenades lacrymogènes ? Pour éviter que les milices de M. Ben Ali ne tirassent à balles sur la foule. Les vacances ? Elle était ministre en permanence, bien évidemment. Si elle avait su elle serait partie se reposer en France avec ses dossiers sous le bras : « Quand je pense que nous devions aller en Dordogne et que j'ai eu peur des intempéries ! » Rien ne détournait ses mensonges en cascade, qui sortaient au jour l'un après l'autre. Au début de son contestable voyage, elle avait secrètement rencontré le général Seriati, chef de la Sécurité du sultan, et le ministre de l'Intérieur Kacem afin de les aider à mater la rébellion. Son cabinet démentit. Le 29 décembre, nous apprenions qu'elle était montée à nouveau dans l'aéronef de M. Miled pour se rendre à Tozeur, tout au sud, évitant ainsi de traverser des villes soulevées. Cela ne dura que le temps d'un déjeuner et d'une balade dans les oasis, comme dans le Sud-Ouest lorsqu'elle invitait chez elle ce brave M. Miled. Les accusations ne s'arrêtaient pas. Grâce à M. Miled, si arrangeant, si fidèle, les parents de la duchesse purent investir dans une opération immobilière réservée aux proches du régime tunisien. Ils avaient eu l'autorisation en deux mois au lieu de trois ans, et ne déboulaient point par hasard à Tabarka pour acheter le lot 4I d'un projet de marina sur un site archéologique, donc inconstructible, mais déclassé par la faveur du gang Ben Ali afin d'y ranger des yachts et des émirs, et tant pis s'il fallait raser vingt hectares de pins et d'eucalyptus, sans oublier les multiples vestiges de la Carthage antique. Voilà un père de quatre-vingt-quatorze ans qui voyait loin ; il n'hésitait pas devant une affaire rentable lorsqu'il aurait cent dix ans ; un immortel.

Ce printemps précoce de la Tunisie donnait des suées aux dictateurs de ces nations dont la population était, en majorité, composée de jeunes éduqués qui ne réclamaient qu'une seule chose, un sirocco de liberté. Ils communiquaient par ordinateur d'un point du globe à l'autre, ils déjouaient les chausse-trapes et les interdits, savaient que leurs écrans étaient plus dangereux qu'un cocktail Molotov ; ils se parlaient sans peur, ils se donnaient des rendez-vous, ils affluaient devant les palais et devant les prisons, et, après le thé à la menthe, ils manifestaient. Mohamed Bouazizi s'était immolé par le feu pour donner le *la*. « Il nous a ouvert les yeux, disaient les jeunes. Il aurait pu faire sauter une bombe et se transformer en terroriste, mais il ne voulait faire de mal à personne. Il voulait juste qu'on l'écoute. » Car, pour tout arranger, ces jeunes était pacifiques.

Lointains disciples d'Hakim Bey sans le savoir, ils étaient contagieux, leur mouvement ne se souciait ni d'idéologies ni de religions, et il se répandit autour de la Méditerranée. Ce fut d'abord en Egypte que la jeunesse campa place Tahrir jusqu'à renverser le pharaon Moubarak qu'on vit s'envoler en hélicoptère vers la mer Rouge. L'armée les y aida, ici encore, mais avec des arrière-pensées car c'était elle qui tenait le système, et, selon les dépêches de *WikiLeaks*, les généraux étaient prêts à un coup d'Etat si le pharaon persistait à vouloir introniser son fils Gamal pour lui succéder, parce qu'il ne se cachait pas de préférer les hommes d'affaires aux militaires. Partout ailleurs, ce fut un chaos de peuples impatients. Un gazetier de Tunis, dans un concert de klaxons, salua la chute du pharaon : « C'est désormais le début de la disparition du cauchemar qui plombait le monde arabe. L'histoire retiendra que l'année 2011 a marqué un tournant dans la région. » Il y eut des feux d'artifice tirés chez les Palestiniens de Gaza, des Jordaniens en liesse, des Yéménites pour brandir des portraits du raïs Nasser qui libéra l'Egypte de ses rois.

En Algérie des jeunes s'immolèrent, comme Afif Hadri à Bab el-Oued, un autre à Dellys, d'autres encore. Il y eut des affrontements à Alger, à Annaba ; comment un pays riche pouvait-il abriter autant de pauvres ? Les militaires corrompus contrôlaient tout et même le roi Bouteflika faisait figure de pantin. En Libye, l'émeute couvait à Benghazi contre Mouammar-le-Cruel. Au Yémen, il y eut des morts à Aden et les tribus se mobilisaient contre l'inusable roi Saleh. Les Jordaniens demandaient que le pouvoir de leur roi fût limité, comme au Maroc où les gens avaient malgré tout le droit d'aboyer. En Irak, parmi les carnages quotidiens, on remarqua la mise à sac du gouvernorat de Kout, et en Iran des affrontements autour de l'université ; des voltigeurs à moto dispersaient les manifestants à coups de bâton ; on entendit des cris, on vit des gaz, des feux de poubelle.

Au Bahreïn, port de la Ve flotte américaine, l'opposition refusait de dialoguer, et à Oman des blindés furent dépêchés contre la foule. L'Azerbaïdjan pétrolifère accusait de dérive monarchique le président Aliev, et au Sénégal du roi Wade, des agences de la Société nationale d'électricité brûlèrent à défaut d'éclairer. Les Saoudiennes décidèrent de prendre le volant malgré l'interdiction. Le parfum du jasmin courait comme un nuage, et même l'Empereur Hu le sentit et s'en émut. *Le Quotidien du Peuple* avait beau expliquer qu'une « révolution du jasmin en Chine était une idée ridicule et irréaliste », les censeurs des sites électroniques, si vous tapiez les mots *Egypte, révolution* ou *jasmin*, vous répondaient : « En accord avec les lois, les directives et les statuts en vigueur, le résultat de cette recherche ne peut être montré. » L'Empereur Hu était à ce point terrifié par sa jeunesse, et les cent quatre-vingt mille incidents graves qui eurent lieu, face aux tensions sociales qui s'aggravaient, aux blindés qu'il dut envoyer au Guangdong et au Hubei, qu'il décida de rafler les fauteurs de troubles. Pour avoir demandé aux protestataires de se promener en souriant, mais en nombre, devant le McDonald's de Pékin, dans le quartier Wangfujing, aussi dans le quartier commerçant de Xidan où les stations de métro avaient été subitement fermées pour travaux et les avenues qui y conduisaient bouclées, les jeunes Chinois cousus en réseaux se fixaient des heures et des lieux de rencontre qui mettaient en ébullition une armée de policiers. Ce fut la même chanson sur la place du Peuple, à Shanghai, et dans trente-neuf autres villes. Contre ce désordre anonyme et sans chefs, les forces de l'ordre sortaient partout bredouilles. Une enseignante de Nankin exposait ainsi ces actions : « On a longtemps dit que les jeunes en Chine n'étaient pas intéressés par la politique, mais ça peut changer, il y a de plus en plus de choses qui les révoltent, et ils n'ont pas vraiment peur. »

La bourrasque toucha jusqu'à notre vieille Europe mais sous une forme différente puisque nous ne connaissions pas le même type de dictature, sinon celle de l'argent. Les jeunes sans logis et sans emploi se groupaient pour occuper des endroits symboliques. A Madrid, puerta del Sol, ils protestaient contre l'explosion immobilière en s'installant sous des tentes avec des cuisines ambulantes ; à Athènes, ils campèrent sur la place Syntagma rebaptisée place des Larmes ; il y eut partout des indignés pour agiter la main comme dans « Ainsi font les petites marionnettes », même au Wisconsin, même à Ponthierry quand ils défilèrent devant les banques.

Les indignés se multipliaient.

Ils avaient pris leur nom d'un opuscule qui se diffusa à plus d'un million d'exemplaires dans plusieurs pays, *Indignez-vous !*, lequel se changea vite en mot d'ordre. L'auteur était un jeune homme de quatre-vingt-treize ans qui se baignait en octobre à Trouville dans une mer glacée et que cela fortifiait. Nourri de mythologie grecque, normalien, poète, diplomate international, évadé des camps nazis, sa vie plaidait pour lui. Ajoutons qu'il était drôle et calme. Dans sa plaquette, il évoquait le programme du Conseil national de la Résistance et de cette Déclaration universelle des Droits de l'Homme dont il était un rédacteur. Il disait des choses simples : « On ne peut être heureux sans conscience » ou : « La désobéissance peut être légitime. » Il déplorait les principes oubliés qui permettaient de vivre ensemble, il les rappelait, il voulait « une véritable démocratie économique et sociale » dont nous nous éloignions, et il attendait avec confiance une insurrection pacifique.

Plusieurs centaines de milliers d'exemplaires épars dans la nature provoquèrent les sarcasmes des assis, qui ressemblaient toujours à ceux de M. Rimbaud :

> — Oh ! ne les faites pas lever ! C'est le naufrage…
> Ils surgissent, grondant comme des chats giflés,
> Ouvrant lentement leurs omoplates, ô rage !
> Tout leur pantalon bouffe à leurs reins boursouflés.

L'honorable baron Barbier se gaussa en demi-teinte dans sa feuille hebdomadaire ; il parla d'une solidarité feinte chez les acheteurs du brûlot qui révolutionnaient dans leur fauteuil. Le chevalier de Ferry s'engagea plus avant et nous donna un cours, avec M. Pascal à la rescousse, pour démontrer que l'indignation était mauvaise conseillère, ce qu'avec moins de références croyait Notre Méfiant Monarque.

C'était malencontreux, mais le Prince n'avait eu aucun flair pour deviner la tournure des événements arabes, qui semblait claire aux observateurs. Il s'empressa de décrier son ambassadeur à Tunis, qu'il traita de nul et remplaça par encore plus nul ; tout à ses amitiés avec les dictateurs bien mis, en cravates et chemises blanches, avec des guéridons à napperons, des gros fauteuils doux aux fesses pour mieux palabrer, il avait négligé les avertissements pressants de la Ligue locale des Droits de l'Homme, pour ne point fâcher le sultan, et il n'avait consulté que fort distrait les rapports alarmants de ses diplomates en place, lesquels démontraient qu'un régime fort n'est pas forcément stable et devenait même un piètre rempart à ces groupes islamistes, redoutés, qu'au contraire il confortait par son intransigeance et ses mœurs ; il resta sourd à ceux qui prévoyaient un conflit social à court terme. Dans un premier temps il fit le ménage. Le Prince limogea la duchesse de Saint-Jean-de-Luz à cause des affaires malodorantes de voyages offerts plus que pour son incapacité, puisqu'elle n'avait fait qu'obéir à Sa Majesté qui décidait seule des orientations étrangères. La duchesse… Elle avait été si réjouie par ses virées en Jordanie et au Liban qu'elle avait osé dire, croyant ferme à son destin élevé : « La stature internationale, je l'ai ! En matière de chefs d'Etat et de gouvernement du monde entier, j'ai probablement l'un des plus beaux carnets d'adresses. » Elle avait même des adresses d'affairistes. Le duc de Bordeaux la remplaça au Quai d'Orsay, fou de joie ; il retrouvait chaud un rocking-chair où il s'était déjà balancé, et il se rengorgeait dans une fonction qui le changeait en authentique vice-président, car il n'hésitait pas à lever la voix devant Sa Majesté ; il passait pour un professionnel et en avait la froideur. Le duc de Sablé envoya une pointe en espérant qu'elle fût répétée : « Ça ne va pas être facile à concilier avec la ville de Bordeaux, tous ces déplacements. » Quant à M. d'Hortefouille, en délicatesse avec la Justice, après d'affreux déchirements, il fut écarté par le Prince, son ami de jeunesse, et il gagna son placard sans murmures. Le ministère, où il ne fit aucune prouesse, fut alors occupé par le cardinal de Guéant qui renouait avec ses premières amours : la police. Son Eminence s'y fit aussitôt remarquer en traquant les réfugiés tunisiens qui avaient fui une terre en désordre pour aborder, dans un premier temps, sur l'île de Lampedusa jusque-là connue grâce à l'auteur du *Guépard*, puis pour aboutir porte de la Villette où leurs compatriotes parisiens leur offrirent un couscous géant. « Au mitard les immigrés ! » chantonnait Son Eminence, et il paradait, faisait le fier, lançait des opérations de police pour masquer ses manques.

Le Prince hésitait sur le chemin à suivre. Afin de justifier son inaction ou sa courte vue, il joua la prudence avec ses plus proches : « Le bilan du sultan Ben Ali est contrasté… » Devant le Parti impérial il précisa : « La France n'a pas à soutenir des manifestants, ni à s'ingérer dans les affaires intérieures d'un pays. » Devant le peuple, qu'il était question de séduire, il esquissa une espèce de mea culpa bafouillé devant la bibliothèque en papier peint du Château : « Nous la France, dit-il avec abus comme si nous étions voués à ses erreurs de jugement, on a sous-estimé cette aspiration d'nos amis tunisiens à la liberté. » Il dupliqua cette position matoise lorsqu'il s'agit de l'Egypte et de l'éviction de son cher pharaon. Malgré ses entortillements autour d'une actualité qui le desservait, Notre Narcissique Leader songeait principalement à sa réélection au Trône ; les thèmes sur quoi il travaillait le ramenaient à cet unique souci. Il laissa Son Eminence gendarmer ses terres à volonté, avec des mots volés à la droite extrême ; on vit donc le cardinal bloquer des trains en gare de Vintimille pour débusquer des Tunisiens fugitifs sous les banquettes, chasser les sans-papiers qui dormaient sur les pelouses des Buttes-Chaumont, veiller aux embarcations branlantes qui arrivaient du Sud bondées de gens maigres. Avant tout, le Prince s'occupait de son hypothétique rival, le plus dangereux, celui qui en cinq minutes de débat pouvait le plaquer au sol avec sa connaissance de la finance mondiale dont il fréquentait les argentiers, l'archiduc de Washington, M. Sinclair de Strauss-Kahn.

Un plan fort simple fut donc élaboré pour frapper M. de Washington sur ses points faibles ; pour cela Notre Rusé Monarque, souhaitant rester au-dessus de la mêlée, fit miauler ses troupes sur des thèmes par lui choisis, qu'il déclina sur plusieurs tons. *Sournois* : « Il va mettre un bazar noir à gauche car c'est un homme de droite. » *Arrogant* : « A côté de lui je suis un modèle de simplicité. » *Méprisant* : « Il ne se présentera pas parce qu'il sait ce qui l'attend. » *Fanfaron* : « Ce sera le candidat le plus facile à battre. » *Trouble-fête* : « Va-t-il lâcher un job international pour se fourvoyer dans un petit pays ? » Au début de ce programme exaltant et bourbeux, on laissa la bride au tout frais patron des députés impériaux, un ancien agriculteur aux mains à charrue et à la voix profonde des meneurs de bœufs : « M. de Washington n'incarne pas la France des territoires. » Et au même moment, Notre Glaiseux Potentat arpentait le cloître de Cluny, il s'ébaudit devant la cathédrale de Reims où furent sacrés tant de nos rois, puis il s'inclina à Domrémy en souvenir de Jeanne d'Arc, cette héroïne du XIXe siècle, ou à Lille, devant la maison natale de Charles Ier de Gaulle avant de se recueillir au Mont-Saint-Michel, rien que du terroir, ce qui devait le changer du macadam de Neuilly. M. de Washington, lui, voilà trois ans qu'il vivait outre-Atlantique…

La campagne fut orchestrée autour de ces attaques. M. de Washington était un grand bourgeois gavé et plein d'or, un expatrié avec un appartement place des Vosges, un riad à Marrakech, un train de vie fait de truffes et de jets. Il était bien plus loin du peuple que Notre Prince Crapahuteur qui voyait des vrais citoyens, même s'ils étaient du Parti impérial et parqués derrière des barrières. En outre il menait une vie de patachon. Le chevalier Le Febvre affirma même posséder des photos compromettantes au bois de Boulogne. Contre ces menaces dont il avait eu vent, M. de Washington avait attrapé Notre Prince alors qu'ils urinaient à Pittsburgh dans les toilettes d'un sommet des puissants.

— J'en ai assez des ragots répétés sur ma vie privée et sur de prétendus dossiers et photos qui pourraient sortir ! Je sais que tout ça part du Château !

— Du Château ? Quelle horreur ! Pas du tout.

— Dis à tes gars d'arrêter, sinon j'irai en justice !

— C'est pas d'ma faute. Tu sais qu'c'est pas mon style.

— Non, je ne le sais pas !

Désormais, quand par obligation il rencontrait Sa Majesté, M. de Washington gardait une main dans la poche pour éviter des embrassades. Il devait se défaire des étiquettes que le Prince voulait lui coller, et qu'il décollait en fait de lui-même, comme *candidat des riches*. Son épouse omniprésente, qui avait été la coqueluche des fenestrons, avec ses mohairs et ses yeux d'un bleu profond comme celui des piscines provençales, rédigeait un livre pour expliquer sa fortune fort honnête, laquelle provenait d'un grand-père découvreur de Picasso et de tant de grands peintres qu'il suffisait de vendre aux enchères un Matisse pour s'offrir un palais ou deux. Les impériaux assouplirent leur stratégie et allèrent jusqu'au lamento. Si M. de Washington désertait du Fonds monétaire pour devenir candidat au Trône, le poste serait perdu pour la France, voire pour l'Europe. M. de Washington se taisait. Chacun l'épiait mais il se taisait. Lorsqu'il alla se faire tailler des costumes chez le couturier des présidents américains depuis Lyndon Johnson, on cuisina cet artisan raffiné qui répondit fièrement : « Il m'a commandé deux complets, un gris foncé et un bleu nuit. Je lui ai dit : *Si vous mettez nos costumes, vous gagnerez l'élection*. Il m'a répondu : *D'accord.* » Et Sa Majesté tempêtait autant que les lieutenants du Parti social : « Qu'il se déclare ! mais qu'il se déclare ! »

M. de Béhachel, vicomte de Saint-Germain, n'avait aucun humour. C'était sa principale caractéristique. Ce qu'il disait ou faisait relevait de l'implacable ; l'esprit de sérieux le ravageait. On l'imaginait mal rire aux éclats, et quand un pâle sourire éclairait ses lèvres toujours au bord de la crispation, sans vous regarder mais au-dessus de votre tête, car il était grand de taille et visait sans cesse l'horizon, vous sentiez qu'il vivait des idées autrement nobles que les vôtres. Au berceau, déjà, il avait cette morgue bienfaisante, ayant peu de soucis, héritier en naissant d'une coquette fortune établie dans les bois précieux d'Afrique, un argent qu'il devait confusément expier par ses actions en faveur des exploités, pourvu qu'ils fussent à mille lieues du palace où il résidait au large, regardant la Seine dans ses plus belles boucles, depuis sa terrasse, toujours un téléphone en main et le regard au loin. On le reconnaissait à la panoplie qu'il avait tôt adoptée, le style échevelé de Lord Byron quant à la coiffure, et des éternelles chemises immaculées à large col comme celles des Compagnons de la Chanson, dans les années cinquante, qui chantaient en chœur *Jean-François de Nantes* et *Les Trois Cloches* au refrain.

Dans sa jeunesse, le vicomte de Saint-Germain avait trouvé son modèle. Quand le vieux baron Malraux éblouissait Charles Ier de Gaulle, parlant vite et en bouillie, sa main gauche cherchant son oreille droite tandis que sa main droite, passant au-delà d'un crâne à mèche tombante, palpait son épaule gauche, et qu'il voulut lever des brigadistes pour se battre au Bangladesh, le vicomte se porta volontaire. Bien sûr, il ne se passa rien, et le baron Malraux ne put réitérer en 1971 ses exploits de 1936 dans la sierra de Teruel, lorsqu'il posait devant un biplan déchiré de l'escadrille España, mais il montrait qu'avec des postures on construit sa légende. Comment cet aventurier qui arrachait des statuettes khmères dans les temples d'Indochine, pour les revendre rue Mazarine, réussit-il à se dessiner un profil de médaille et une stature de grand écrivain ? Cela passionnait notre vicomte qui espérait l'imiter. L'excellent M. Jean Cau, dans ses excellents *Croquis de mémoire*, nous l'expliqua en traçant le portrait de M. Emmanuel Berl, le dernier descendant de Voltaire, lequel lui confiait, mi-amusé, mi-consterné : « Pour *arriver* en littérature, une seule recette : dire très haut qu'on a du génie. Ça marche. Vous le répétez inlassablement et, à la fin, on vous croit. " Ils " ont tous fait ça : Breton, Malraux, Aragon, Claudel... Je me souviens, nous étions sur la Côte basque lorsque Malraux est venu nous lire le manuscrit de *La Condition humaine*. Il y avait là Drieu, moi, etc. Tous, nous avons trouvé ça très mauvais et nous étions accablés. Mais Malraux, ensuite, a crié si fort que c'était génial que tout le monde l'a cru. Tout le monde ! (Un temps.) Pourtant, ça ne vaut rien... (Un temps.) Il lisait debout. C'était un meeting... »

Le vicomte de Saint-Germain adhéra néanmoins sans réserve à ce programme. Le genre romanesque lui allant mal, quoiqu'il s'y risquât, il opta pour le genre moral, plus rapide quant à ses effets, plus gratifiant, plus voyant dans ses incantations, aussi se boutiqua-t-il une carrière d'essayiste, mieux propice au grain de sel, et il y réussit de jolies mises en scène de lui-même à l'imitation du baron Malraux, lequel, croisant cinq minutes l'Empereur Mao Zedong, en tira une passionnante discussion de cent pages. Perché sur une tribune imaginaire en permanence, ne voyant point les individus terriblement normaux qu'il lui arrivait de côtoyer dans la rue, le vicomte les négligeait comme ce jour où, nous raconta un libelliste du *Times*, il doubla avec désinvolture une longue file d'attente pour s'engouffrer dans le seul taxi disponible, qui lui appartenait de fait puisque c'était lui et que les autres ne comptaient guère, qu'il n'avait pas les mêmes valeurs, qu'on devait le considérer à part de ce lot docile, pressé sous la pluie en guettant une voiture de louage. « En temps que citoyen britannique bien élevé, j'étais outré », dit M. Ben Macintyre du *Times*.

Après bien des causes tournées en spectacle, le vicomte se prit de passion pour la ville de Benghazi, en Libye, dont les habitants criaient à l'aide parce que Mouammar-le-Cruel avait juré de les hacher menu avec ses avions, ses tanks et ses mercenaires payés au scalp. Tout le sang du vicomte lui grimpa à la tête : cette urgence était à sa mesure. Allait-il se contenter de pondre des billets joliment emphatiques et vengeurs dans les gazettes ? Non. Il fit sa valise et s'envola pour Le Caire où, contre une liasse de dollars, un marchand de légumes l'embarqua dans sa carriole pour Tobrouk. Il y arriva à la nuit tombée et le lendemain, en sortant de l'hôtel, le vicomte arpenta les gravats en costume noir et chemise dépoitraillée. Il fila ensuite vers Benghazi, y trouva au hasard un interprète qui le présenta à l'ancien ministre de la Justice de Mouammar-le-Cruel, qui avait fait défection ; c'était lui qui avait condamné à mort, par deux fois, les infirmières bulgares que Sa Majesté avait libérées au début de son règne ; on lui dit qu'il avait radicalement changé et était devenu un honorable opposant. Soit, dit le vicomte. Devant le Conseil national de transition instauré par les rebelles, il prit des notes et intervint pour déclarer qu'il connaissait très bien Nicolas Ier, qu'il pouvait essayer de leur faire rencontrer. Sitôt revenu à son hôtel, le vicomte décrocha son téléphone satellitaire Thuraya et appela le Prince, dont il avait le numéro secret dans son agenda ; ils se connaissaient depuis si longtemps. Au bout de deux heures il finit par lui parler, la liaison était nouée. Le vicomte de Saint-Germain rentra à Paris, fila au Château avec enthousiasme pour prêcher la bonne parole ; il convint avec Notre Belliqueux Monarque de pilonner trois aéroports, une file de jeeps camouflées, de brouiller les radars ennemis, bref, le vicomte et le Prince se sentaient devenus généraux. Trois jours plus tard, M. de Saint-Germain guida les chefs rebelles jusqu'au salon vert où les attendait Sa Majesté, qui les reconnut officiellement comme les remplaçants de Mouammar-le-Cruel, cet affreux Bédouin mal rasé, aux chapeaux coniques ridicules, qui l'avait humilié naguère en fichant sa tente en face du Château. Ah non, ce n'était point Sa Majesté la dupe, elle avait été mal conseillée, voilà tout, par le comte Ollier, ce compagnon de la duchesse de Saint-Jean-de-Luz qu'il avait accompagnée pendant son lamentable voyage tunisien. Ah ! le comte Ollier ! Il avait sorti sa lyre pour chanter les bontés de Mouammar : « Il n'est plus le même qu'il y a vingt ans et a soif de respectabilité. Il lit d'ailleurs Montesquieu. » Les infirmières bulgares qu'il torturait à l'époque n'avaient simplement rien compris à *L'Esprit des lois*.

« Foutaises ! s'emportait Notre Pugnace Leader. Mouammar, on va l'mettre à genoux ! Il a dit qu'il avait financé ma campagne impériale ? Que j'faisais les yeux doux à son pétrole ? Il a appelé les jeunes de nos banlieues à se soulever ? Il va payer ! » Alors le Foudroyant Monarque, déplaçant des soldats de plomb et des drapeaux sur une carte en relief de l'immense Libye, avec le vicomte de Saint-Germain pour tout état-major, se vit soudain en Napoléon qui savait les plis du terrain ; il apprit les noms des villes et de leurs faubourgs, les routes, les oasis, les tribus ; là on allait bombarder les repaires du monstre, et là, au djebel Nefoussa, on parachuterait des mitraillettes. C'était devenu sa bataille à lui ; et sa revanche. Notre Leader Va-t-en-guerre y trouvait de quoi embellir à la feuille d'or son image ternie par la politique intérieure. Les derniers chiffres étaient consternants. L'année avait débuté avec quatre millions six cent dix-huit mille six cents chômeurs ou presque-chômeurs, mais il exultait : « Je suis au côté des opprimés ! » Notre Prince Incertain avait manqué les révoltés de Tunisie et d'Egypte, il devait se montrer ferme et appuyer ceux de Benghazi. Le vicomte de Saint-Germain remplaça un temps le duc de Bordeaux qui apprit à Bruxelles, où il négociait avec les autres Cours d'Europe un éventuel soutien militaire, la reconnaissance des rebelles ; il s'en étrangla de fureur mais dégusta sans dire un mot la couleuvre gratinée dans les cuisines du Château au piment d'Espelette, sa région. L'Onu sortit une résolution, les Américains fournirent des munitions, Sa Majesté des avions et des instructeurs, déguisés en Berbères, pour guider les bombes depuis le sol. Le duc de Bordeaux annonça que la guerre serait courte. Elle fut longue. Qu'importait à Notre Glorieux Souverain, puisque sur l'autre rive de la

Méditerranée, à Benghazi, on agitait des drapeaux français en beuglant « Vive Nicolas Ier ! » Le Prince en eut le cœur chauffé. Il n'avait plus l'habitude de semblables hommages.

Chapitre IV

FUKUSHIMA MON AMOUR. – UN DRAME ET SES CONSÉQUENCES. – CANTONALES. – LE GRAND AIR DE LA DÉROUTE. – MLLE DE MONTRETOUT MENACE L'EMPIRE. – LE LOUP SERVIER. – VENGEANCE DU DUC DE VALENCIENNES. – COMMENT ET POURQUOI LE ROI GBAGBO FUT RENVERSÉ. – SACRE DU ROI OUATTARA. – LEURS PORTRAITS CROISÉS. – SA MAJESTÉ SE CULTIVE.

Tandis que Notre Brouillon Despote jouait à la guerre pour se faire valoir, surtout aux yeux de ses sujets en poussant un cocorico sonore, nos pétroliers, plantés comme des choucas sur un poteau télégraphique, poussaient à l'unisson des cris vertueux contre Mouammar-le-Cruel ; ils pariaient sur les rebelles que le Prince soutenait, ceux-ci l'emporteraient à cause d'un armement supérieur, et eux, ils en profiteraient à terme pour pomper le gros du pétrole libyen si fluide et si agréable à raffiner chez nous. Ils auraient déjà signé un accord avec des chefs insurgés qui leur garantissaient, le 3 avril, trente-cinq pour cent du plus énorme gisement potentiel de l'Afrique. Dans ces circonstances, personne ne souffla mot lorsque des colonnes d'automitrailleuses saoudiennes entrèrent au Bahreïn pour calmer d'autres révoltés.

Ce qui s'appelait le printemps arabe avait commencé en avance, mais le vrai printemps se faisait attendre. Les choses suivaient leur pente. Sur les paquets de cigarettes, dont le prix augmentait sans cesse, on voyait en ornement et pour terrifier les acheteurs, d'étranges chromos comme ce fœtus à grosse tête que la fumée dérangeait, une seringue qu'aucun briquet ne pouvait allumer, et les images de deux poumons, l'un blanc et l'autre roux, sans doute pour signifier que le premier était cru et le second rissolé. Foin de ces bécassonneries ! Par ce type d'imagerie naïve, l'Amérique dévote et brute nous vendait les mérites déraisonnables de l'hygiène obligatoire, dents blanches et cervelet propre ; dans une ville des Etats-Unis, les fumeurs étaient traqués jusque chez eux puisque la vie privée elle-même devait être policée ; M. Staline s'était réincarné au Texas et dans l'Ohio, et il frappait à notre porte d'un doigt encore timide. Je m'étais installé l'autre jour en plein air, à la terrasse d'une trattoria. En attendant mes spaghettis à l'encre de seiche, je buvais un peu de soave et j'allais allumer une cigarette quand mes voisines, deux Américaines, se levèrent de leurs chaises comme si un serpent les avait mordues, et elles coururent se réfugier au fond de la salle avec leurs cocas light. Sortir un briquet avait suffi à les horrifier. J'étais le diable. Je repensai aux méfaits terribles de *l'homme de bien* tel que le définissait M. Bertrand Russell à l'aube du dernier siècle : « L'homme de bien idéal ne boit pas, ne fume pas, évite le langage grossier, parle en présence des hommes exactement de la même manière qu'il parlerait en présence des femmes, va à l'église régulièrement et a sur tous sujets des idées comme il faut. » Pourtant, disait M. Russell, mal-penser c'est simplement penser ; il prônait le plaisir, un brin de désordre dans tant de sécheresse, une fantaisie, une liberté. J'avais l'impression que seul un événement considérable, pour une semaine ou deux, parviendrait à détrôner le tabac, ce fléau immonde. Cela arriva au Japon, une île aux techniques parfaites, qui résistait et s'adaptait depuis si longtemps aux secousses de la terre ; une île tellement moderne qu'il suffisait de la nommer pour se rassurer.

Namazu, le légendaire poisson-chat qui portait l'archipel sur son dos, eut soudain une forte démangeaison, il agita ses nageoires et sa queue avec des battements brusques. La terre remua et s'ouvrit. L'électricité s'arrêta. Les corbeaux de Tokyo volèrent en panique. La secousse était plus féroce que d'habitude, des incendies éclataient au rythme des conduites de gaz, les anciennes maisons se lézardaient, les employés sortaient dans les rues. Tout se figea. Il était quatorze heures quarante-six dans la capitale, ce vendredi, mais le plus fort du séisme se situait à trois cents kilomètres au nord, vers Sendai, où le tremblement se doubla d'un raz de marée d'une violence inédite. La vague avait dix mètres de haut, elle roulait dans les terres à sept cents kilomètres par heure, emportant choses et gens dans une marée de boue noire, noyant des trains, expédiant des bateaux sur le faîte des maisons et des maisons comme des bateaux dans le courant ; la virulence de la vague était renforcée par ce qu'elle charriait de débris, troncs d'arbre, béton, voitures. La ville de Minami-Samriku avait été broyée par la boue salée, elle sentait le gaz et l'essence ; sur sa colline, une école épargnée fut transformée en morgue. Il y eut des cadavres innombrables.

Et puis on vit un nuage blanc au-dessus de la centrale de Fukushima, posée comme tant d'autres au bord de la mer et battue par la vague. C'était une centrale vieillotte des années soixante-dix qui s'était arrêtée de fonctionner dès la première secousse, mais, tôt le samedi matin, les autorités évacuèrent à plus de vingt kilomètres quarante-cinq mille riverains en les prévenant qu'une petite fuite nucléaire s'était peut-être produite. Puis le toit plat du premier réacteur fut soufflé par une explosion d'hydrogène ; heureusement, disaient les experts, le vent du sud poussait les radiations vers la mer à la plus grande joie des poissons. Il fallait refroidir cette fichue centrale qui se fissurait de partout, empêcher les réacteurs de fondre. Comment ? Le monde angoissé suivait la tragédie en direct sur ses écrans et commençait à douter que l'énergie nucléaire fût si propre. Les cerisiers fleurissaient mais la situation se détériorait à Fukushima ; les quatre blocs endommagés ressemblaient à des cartons piétinés d'où une radioactivité folle s'échappait et batifolait dans la campagne. Les magasins avaient baissé le rideau de fer, l'essence devenait rare, les usines fermaient. La frayeur gagna Tokyo dont les habitants les plus fortunés songeaient à fuir au Sud. Avec des lances dérisoires, des pompiers masqués arrosaient le site contaminé, on savait qu'ils ne s'en tireraient pas, ou malades à vie ; ils s'exposaient à court terme à des brûlures, des hémorragies, des nausées, des diarrhées. On saluait ces futurs morts comme des héros. Les mauvaises retombées continuaient à pleuvoir sur les sols. Les épinards de Moriya devenaient suspects. L'eau du robinet et le lait contenaient du césium 137. La Chine, la Russie, la Corée du Sud évacuaient leurs ressortissants et craignaient pour leurs propres territoires voisins du Japon. Les explosions se succédaient en chaîne, que les fenestrons minimisaient ; ils montraient une écolière blonde avec des oreilles de lapin et une jupette mauve qui s'exclamait devant la beauté des paysages touristiques, omettant qu'à Tokyo on ne trouvait déjà plus d'eau minérale.

Les honnêtes gens s'aperçurent que la société électrique Tepco, laquelle gérait le site de Fukushima, savait qu'une faille arrivait juste en dessous de la centrale, mais n'en avait cure. Du reste, elle avait falsifié depuis onze ans près de deux cents rapports qui critiquaient l'étanchéité des installations. Les contrôles de maintenance avaient été sciemment bâclés. Le credo était simple : la productivité d'abord, la sécurité ensuite, à la manière des plus notoires entreprises. Cela ne rassurait guère. Chacun s'interrogea et les plus lucides firent marche arrière. La Reichsführer Merkel, qui avait décidé de prolonger de douze ans la vie de ses dix-sept réacteurs légèrement usés, pensa que les événements de Fukushima allaient changer la vision du monde et qu'il fallait sortir vite de l'énergie nucléaire : « Plus tôt on en sortira, mieux ça sera ! » Le Conducatore Berlusconi, lui, renonçait à construire quatre centrales déjà commandées. L'Empereur

Hu suspendait son approbation aux nouveaux projets et considérait les anciens d'un œil méfiant. La Bourse chancela au Japon, et aussi à Shanghai, Séoul, Singapour, Hong Kong, Sydney ; elle pâlit à Wall Street, puis en Europe. Nos champagnes, parfums et automobiles en souffraient.

Dans un premier temps, celui de l'émotion, Notre Atomique Monarque usa du seul poncif qu'on pouvait espérer de lui : « C'est absolument dramatique ! » avant d'appeler les Japonais et de raccrocher en nage : « On n'est plus au stade de l'accident, mais à c'lui d'la catastrophe. » Comme le nuage formé au-dessus de Fukushima entamait son voyage autour du monde, piloté par les vents, le Prince choisit de sauver aux antipodes nos îles de Saint-Pierre et de Miquelon, bien placées sur la trajectoire fatale et où survivait une poignée de pêcheurs : il y fit envoyer des pastilles d'iode. Après un pareil coup d'éclat, Sa Majesté se précipita dans une action à double détente. Il répéta que nos centrales étaient particulièrement sûres et qu'elles étaient capables de défier bravement des éléments en colère, puis aussitôt il défendit cette énergie qui nous rapportait de l'électricité et une montagne de sous. Par ce biais, nous en revenions à la devise du japonais Tepco, qui était celle des marchés triomphants : « La productivité d'abord. » Notre Luminescent Autocrate se démultiplia et aucune menterie ne l'arrêta. Le nucléaire était son jouet, son gagne-pain, sa raison d'être. Il pensait consacrer un milliard d'euros à ce programme d'avenir puisque nous y avions une réelle avance avec nos réacteurs incassables dont le nom de code était EPR. Nous allions en vendre partout dans le monde, et les explosions de Fukushima n'allaient pas nous freiner dans un si pur élan. « Si on est plus cher, c'est qu'on est plus sûr, ressassait le Prince. On a une double coque pour contenir les radiations, nous. Un avion très lourd peut nous tomber dessus, on craint rien. » Il se moqua peu après des sceptiques : « Y jouent sur la peur ! Y veulent qu'on r'vienne à la bougie ? »

La peur était malgré ces propos très présente. Nous avions une malchance sur deux de connaître une tragédie comme à Fukushima. A la centrale de Penly, près de Dieppe, le cœur d'un réacteur se mit à fondre en recrachant des particules radioactives dans l'air.

— On a des filtres à sable, dit un ingénieur.

— Il retient toutes les particules, votre filtre ?

— En partie...

— Je vois que le 29 janvier dernier, le réacteur numéro 2 s'est arrêté automatiquement. Pourquoi ?

— Ah oui ! C'était à cause des harengs qui avaient envahi la station de pompage d'eau de mer.

— Des harengs ! Comme ces délicieux poissons qu'on mange en filet et à l'huile, avec des rondelles d'oignon et des pommes vapeur ? Ils seraient aussi redoutables qu'un raz de marée ?

Le Prince ordonna des contrôles techniques pour prévenir l'imprévisible, même les harengs, mais pour la galerie. Nous apprenions tout de même que la centrale de Chinon avait subi cinquante-huit incidents l'an passé. Qu'en décembre 1999, le duc de Bordeaux fut réveillé par son Préfet qui voulait faire évacuer la ville, parce que la centrale du Blayais avait été bousculée par une forte tempête et la grande marée. Sur le site du Tricastin, une cuve radioactive avait débordé en pleine nuit pour se déverser dans un ruisseau innocent. La centrale vétuste et rafistolée de Fessenheim, calée sur une fêlure sismique, était à la merci des eaux du Rhin et ressemblait sur bien des points à sa sœur de Fukushima. A la centrale du Bugey on remarqua un jour que des vannes de protection étaient restées ouvertes, et qu'on avait jeté des gravats radioactifs dans une carrière.

Escorté par un régiment d'experts et de financiers, Notre Trouble Souverain s'envola pour Nankin ; il se faisait fort de persuader les Chinois, afin qu'ils maintissent en chantier ses vingt-sept réacteurs tout beaux, tout neufs et terriblement sûrs. De là il partit à Tokyo et y rencontra symboliquement ses compatriotes expatriés, enfin, ceux qui n'avaient pas fui quand la terre bougea. Il rencontra un Premier ministre épuisé, plus impopulaire que lui-même. Les négligences de celui-ci étaient responsables du désastre sur lequel Notre Fissile Monarque avait un point de vue bucolique : « Il nous apprend l'humilité devant les forces de la nature. » Ce fut donc plein d'humilité que le Prince proposa de traiter les déchets atomiques nippons, comme nous le faisions à La Hague, et de nettoyer le combustible endommagé. Il savait même démonter les installations polluantes, dit-il au chevet de Fukushima qui fuyait toujours, mais, par manque de temps, il ne goûta point au tendre bœuf japonais dont on massait les côtelettes à la bière, car ces animaux avaient peut-être, dans les rizières, consommé de la paille irradiée au césium. Bien sûr, même à Tokyo, il vanta ses réacteurs magiques EPR, mais en réalité ils n'existaient que sur plan ; on les construisait péniblement. L'Autorité de sûreté nucléaire venait d'envoyer plusieurs courriers au bétonneur du futur réacteur de Flamanville, notre fierté hypothétique ; elle avait vu des piliers grêlés, de la ferraille surgie du béton comme des arêtes de sole, les enceintes du réacteur pleines de trous, des fissures à boucher, des malfaçons. De leur côté, les Japonais plantaient du cannabis autour de la centrale défaite ; cette herbe folle, en effet, accumulait dans ses racines certains éléments radioactifs et contribuait à restaurer le sol.

Feu le chevalier Pilhan conseillait le roi Mitterrand. Il affirmait que la parole d'un prince devait être rare pour mieux peser. Son souverain se plia à cette règle afin que ses mots portassent, ce que ne fit jamais Notre Jacassante Majesté dont les discours trop nombreux s'évaporaient sitôt prononcés. Le chevalier disait encore : « Plus on est haut dans l'opinion, plus celle-ci interprète favorablement ce que vous dites. Quand on dit la même chose et qu'on est en bas, les gens estiment que ce que vous dites est nul. » Voilà ce qui arrivait à l'Oublieux Despote ; jamais aucun meneur d'hommes n'avait eu si peu d'hommes à mener. Personne ne l'écoutait et ses colères prêtaient à rire sous cape. Seuls quelques courtisans s'échinaient à conserver sa faveur et leur poste, mais ils se rapprochaient des canots de sauvetage avant la bourrasque. La cote du Prince dégringolait tant que personne n'avait en mémoire d'aussi déplorables chiffres. Les troupes impériales perdaient la foi, leurs représentants étaient tout retournés. Même le dos au mur dans son impasse, l'Impavide Leader n'en démordait point, et il confiait ses prochaines victoires aux déchirements qu'il devinait dans le camp adverse : attisons, élargissons les failles du Parti social pour l'emporter à la fin sur lui. C'était là le pari d'un joueur. Il n'oublia point les donateurs de son Premier Cercle, ce club inventé par le duc de Chantilly avant sa chute ; les réunions n'avaient plus lieu au voyant hôtel Bristol, mais dans les locaux du Parti impérial ou dans un salon en sous-sol du Méridien de la porte Maillot. Les banquiers, avocats, héritiers, patrons gros ou moyens-gros mettaient la main à la poche mais se faufilaient le long des murs pour éviter les gazetiers. L'argent qui permettait au Parti impérial de canoter pouvait-il suppléer à la ferveur militante ? Les électeurs traditionnels du Prince se raréfiaient. Neuf millions d'entre eux, dont beaucoup de personnes âgées, annonçaient qu'ils n'iraient point voter la prochaine fois et se souciaient avec infiniment plus de tendresse de la mort d'Annie Girardot qu'ils avaient tant aimée au cinématographe. Pourquoi diable se mobiliser pour la survie artificielle d'un Prince Déplumé ? Des impériaux cependant se forçaient à y croire. On surprit M. Raoult, lieutenant général du Raincy et fidèle de l'ancien sultan Ben Ali, qui offrait des fleurs aux mères de famille à l'entrée des écoles, afin qu'elles votassent. Quant au cardinal de Guéant, lancé comme sur des rails, il répétait ses éternels slogans, pensant ainsi rallier le peuple des craintifs : « Les Français, à force d'immigration incontrôlée, ont parfois le sentiment de ne plus être chez eux. » Orchestrant de la sorte cette comptine qui provoquait la colère des musulmans de chez nous, il dérapait. Au moment même où Mouammar-le-Cruel, qu'on disait à tort enfui au Venezuela, bombardait des immeubles de Tripoli et tirait sur la foule depuis les hélicoptères que nous lui avions vendus, Son Eminence se vécut en prédicateur du XIe siècle : « Nicolas Ier a pris la tête de la *croisade* en Libye. » Il employait le catastrophique vocabulaire de Johnny Walker Bush contre les Irakiens, l'important étant de trucider du Sarrasin.

Alors le tonnerre gronda.

Au cœur d'une campagne cantonale qui indifférait, il y avait au Parti impérial des députés de droite plus à droite que les autres, tant cette formation était un agglomérat ; on désignait ceux-ci comme *populaires* parce qu'ils devaient ramasser le peuple autour du Prince en un troupeau compact. La plus pure des démagogies était de mise pour se mettre à ce diapason. Ces députés emboîtaient souvent le pas au cardinal de Guéant, lequel ne chipait pas les voix de la droite extrême, car ce fut cette droite extrême qui se mit à remplacer les impériaux. Mlle Marine, princesse de Montretout, tenant son titre d'un châtelet naguère hérité par son père sur les hauteurs de Saint-Cloud, se plaça brusquement devant l'ensemble des candidats lors d'une simulation d'élection au Trône. La stupeur fut rude. On apprit à cette occasion que Notre Bouleversant Monarque ne figurait même plus au second tour, et que seul M. de Washington était en mesure d'écraser Mlle de Montretout. L'archiduc, comme à son ordinaire camouflé derrière le paravent international du Fonds monétaire, ne soufflait mot, plissait les yeux de contentement, ronronnait des confidences en forme de devinette : « Je vois bien qu'il y a une attente, des gens m'arrêtent dans la rue. Mais cette décision, permettez-moi de la garder pour moi. » M. de Washington prenait un plaisir malin à jouer avec les nerfs des autres. Pour vaincre Sa Majesté il ne fallait plus compter que sur lui, semblait-il, mais il persistait à se taire en savourant les chiffres.

Or, le Parti social avait inventé de départager ses postulants à la cérémonie du Sacre de 2012, montant entre eux une sélection primaire ; chacun y présenterait son vrai visage sur un podium afin qu'on pût choisir le meilleur pour contrer Sa Majesté. Cela n'enchantait guère M. de Washington, lequel préférait un vote de confirmation sans nul tour de piste ni concours de beauté. Quelques-uns n'étaient point de cet avis, notamment le baron de La Corrèze, M. d'Hollande, qui ne voulait pas un sauveur mais un normal rassembleur, ce à quoi il postulait très simplement. Jovial, très serreur de mains, bon vivant qui accepta pour cela un régime ascétique sans chocolat ni frites, donc plus svelte, il arborait des complets chic et seyants, une nouvelle coiffure plus foncée, de nouvelles lunettes plus jeunes. Lors de ses tournées dans les provinces, nombreuses, il se moquait de ses vrais ennemis, persiflant le Parti impérial en faisant remarquer à la tribune que ses troupes n'osaient pas sur leurs affiches revendiquer un lien avec le Prince : « Ils sont sans étiquette comme des colis sans adresse, disait le baron. Dans les aéroports on les fait exploser », car on prêtait à M. de La Corrèze toute une collection de mots fins et une facilité naturelle à la blague.

« Le pouvoir n'est qu'illusion et il n'est jamais donné », lui répondait le poète Lucrèce, et de fait, lorsqu'on connut le résultat des élections cantonales, où moins de la moitié des inscrits avait tranché, on s'avisa de la santé d'un Parti impérial taillé en pièces. Le Parti social en sortait vainqueur tandis que les milices populistes conduites par Mlle de Montretout grimpaient comme jamais.

Mlle de Montretout avait des ailes mais de vampire. Elle voletait partout, maquillant la droite excessive d'où elle était issue de naissance et, rejetant ses mèches décolorées, parlait désormais plus volontiers des prolétaires comme si elle les côtoyait, sans jamais visiter la moindre fabrique, sans les soutenir aux grilles des usines fermées, pour paraître présentable à l'extérieur. A Tours, elle fit un discours surprenant, appelant les fantômes de MM. Péguy et Jaurès, quand son public averti attendait plutôt M. Pétain. Elle évoluait en vitrine mais conservait de son cabotin de père un ton à la fois populaire et précieux ; elle scandait de colériques imprécations mais toujours dans le sens des pauvres qu'elle avait décidé d'enjôler. Elle venait de succéder à son père, après une élection travaillée, à la tête du groupuscule familial, en ripolinant le vermoulu, c'est-à-dire les prétoriens, parachutistes à barrettes de décorations, jeunes culturistes à crâne ras qui effrayaient trop. Elle pensa même ranger son père au garage pour mieux dépoussiérer et tromper son monde ; un père spécialisé de longue date dans l'édition des chants nazis sous le label Serp, et d'un large éventail d'astuces racistes, qu'il ne manquait jamais de dégainer avec un méchant talent de repartie. Les candidats de Mademoiselle restaient inconnus puisqu'il suffisait de sa seule effigie pour rafler les voix des furieux, ainsi vit-on recruter par l'électronique des vieilles gens et des adolescentes qui n'avaient qu'à exister pour accroître la troupe et la disséminer dans un maximum de cantons ; elle ramenait dans ses filets toutes sortes de poissons inattendus, tel ce syndicaliste de Moselle que sa centrale s'empressa d'exclure, qui subit les crachats et les insultes de ses collègues, sans comprendre ce qui lui arrivait car il était assez réduit de la cervelle. Mlle de Montretout s'occupait aussi à séduire les gazettes féminines, à la quête d'une image plus humaine ; on la retrouva portraiturée sur trois pages de papier glacé, silhouette hommasse parmi une brassée de mannequins qui se déhanchaient, « cintrée dans une longue redingote grise sur un jean et des bottes noires » ; ailleurs elle eut droit à un jeu en forme de test, une façon décontractée de présenter l'extrémisme.

Afin de ne point apparaître en diablesse, elle s'éloigna des fréquentations et des incantations paternelles comme de ses coups de menton, ralliant à ses basques une équipe de penseurs invisibles, des hauts fonctionnaires ou des énarques qui ne se montraient jamais de peur que leur concierge les reconnût. Ils lui arrangeaient un programme et lui délivraient des rudiments d'économie, matière où elle était particulièrement ignare. La droite extrême se rajeunissait en faisant semblant de renier ses thèses d'antan, d'une xénophobie grand teint. Le petit marquis de Minc, conseiller de tout le monde, tomba à pieds joints dans ce panneau : « Peut-on traiter de la même façon quelqu'un qui considère les camps de concentration comme un détail de l'Histoire et quelqu'un pour lequel c'est le summum de la barbarie ? » Il ne fallait cependant pas gratter trop profond pour s'apercevoir que la fille et le père sortaient d'un même moule. Ils ne différaient que sur la forme. Le baron du Hamel, un libelliste, observateur autrement affûté que le petit marquis de Minc, avait remarqué cette différence superficielle : « Son père était violent en public et courtois en privé. Elle est courtoise en public et violente en privé. » Après avoir fouillé l'arsenal complet de son braillard groupuscule, Mlle de Montretout s'intéressa à son habillage, et elle tourna de façon moderne des détestations antiques, fustigeant les étrangers et surtout les mahométans qu'elle étendait à l'ensemble des natifs de l'Arabie. Elle se rendit même sur le caillou de Lampedusa, à mi-chemin entre l'Afrique et l'Europe, pour regarder de plus près et sous bonne garde les fugitifs qui y débarquaient, en espérant profiter chez nous d'une forte aide médicale. Elle haussa la voix pour déplorer cette déferlante. Elle agita des peurs pour engranger des voix. Elle n'était alors pas la seule.

La mesure, qui succéda à la Seconde Guerre mondiale, riche en affreusetés, était en train de s'estomper et on pouvait désormais franchement salir les cosmopolites en relisant Maurice Barrès et ses collines inspirées que les minarets risquaient de dénaturer. On soulignait les dangers du métissage et de l'Europe. La Haute-Loire devait avoir raison de Bruxelles et de Tripoli. Ainsi le chevalier de Zemmour, chantre de ce périlleux courant, proposait la suppression des subventions aux groupements hostiles au racisme ; Mlle Elizabeth Lévy ne voyait aucun scandale à distinguer les Français des étrangers, les premiers ayant plus de droits que les seconds. Tout se brouillait. Bien des impériaux applaudissaient.

Mlle Tasin, laquelle se présentait en laïque de gauche, dut fuir Auxerre où elle enseignait les lettres parce qu'elle avait reçu des menaces de mort, à cause de sa haine militante de l'islam et de ses coutumes. Ce fut elle qui proposa en premier ce qu'on nomma *l'apéro saucisson-pinard*, qui consistait à boire de l'alcool en mangeant du cochon au nez et à la barbe rousse de Mahomet que ses fidèles représentaient. Après avoir été interdite à la Goutte-d'Or, dans Paris, afin que la provocation ne dégénérât point, l'éclairante manifestation se réfugia place de la Bourse. Environ deux cents personnes sacrifièrent au rituel. Mlle Tasin en était fière comme une enfant. Elle luttait contre l'invasion arabe et rêvait à M. Charles Martel qui n'arrêta devant Poitiers qu'une maigre razzia venue d'Espagne. Des représentants impériaux, personnifiant la réaction, burent à son exemple du vin rouge dans des gobelets en plastique et se coupèrent des rondelles pur porc sur une table du salon Gabriel, à l'Assemblée. Membres de la droite populaire, ils étaient encore émus par le grandiose discours de Grenoble que prononça par calcul Notre Utile Monarque ; ils voulaient lui amener par escadrons le peuple que tentait d'attraper Mlle de Montretout. L'un paradait en veste rouge pour attirer les caméras, l'autre portait une veste de cuir pour se donner une silhouette. « Nous sommes les gardes rouges de Nicolas Ier ! » disaient-ils, et ce faisant, ils participaient aux lézardes qui menaçaient le Parti impérial, puisque les plus modérés se détachaient avec ostentation de ce folklore. Saucisse sur fond de vignes pour blason, les activistes s'affirmaient toutefois avec vigueur : « Nous sommes une digue qui exprime le bon sens populaire », disait l'un quand l'autre y allait de son couplet : « On est des Gaulois, on est capables de se réunir quand la nation gauloise va mal. » Moins imagé et mieux policé, parce que ministre, un des leurs expliquait : « La réélection de Nicolas Ier se jouera surtout à droite, c'est là que nous enregistrons le plus de défections électorales. Nous nous sommes donc organisés en sous-groupe, pour prêcher nos valeurs. » Cette trentaine de parlementaires agités visaient en principal les retraités, les inactifs et les vieillards qui détestaient l'idée de changer. Pourtant la nouvelle génération avait de nouvelles pensées et des préjugés moindres. Il suffisait d'assister à une sortie d'école maternelle pour voir des fillettes noires, des garçonnets asiatiques ou du nord de l'Afrique se tenir par la main avec des petits blonds et chanter les mêmes ritournelles. C'était l'image sans problèmes de la tolérance, et même ce mot n'existait plus puisque le mélange devenait naturel.

Un nouveau spectre hantait l'Europe.

Les Partis traditionnels étaient partout usés et peinaient à affronter le chômage ; les employés et les ouvriers déclassés les voyaient malhonnêtes. Ils écoutaient des deux oreilles Mlle de Montretout lorsqu'elle les déchiquetait. A Strasbourg les actes racistes se multipliaient. On barbouillait des tombes de *Heil Hitler !* On notait des slogans nazis sur le mur d'une mosquée.

Des menaces anonymes circulaient. Un collectif jeta des boules puantes dans une salle de cinématographe qui projetait un film sur la guerre d'Algérie qualifié de propagande anti-France. De même que l'ancien baron Mégret, aujourd'hui déchu, avait tonné contre ces colonnes de Buren qui abîmaient un parking du Palais-Royal, les populistes s'en prenaient aux sculptures de M. Murakami qui défiguraient le château de Versailles ; elles étaient vilaines et criardes, soit, mais un Donald rose devant un portrait de Louis XIV apportait un brin de folie douce. Une Versaillaise à lunettes de soleil exposa par dérision un bidet devant les grilles du château et son image fut transmise de Tokyo à Los Angeles. Infantilisé, ramolli, émietté, le peuple réclamait du pain, des jeux et le plaisir de consommer.

Le groupuscule de Mlle de Montretout se diluait dans le national-populisme ambiant. Les vrais Finlandais se dressaient contre les Finlandais basanés. De même en Belgique et en Hollande où M. Geert Wilders tripla ses sièges au Parlement en demandant qu'on proscrivît le Coran. En Slovaquie comme en Hongrie, les Premiers des ministres se déclaraient volontiers populistes. A Bradford, chez les Grands-Bretons, il y eut une bataille contre les Pakistanais. En Ukraine, des nationalistes stigmatisaient les étrangers, pareillement en Suisse où il fut question de construire un mur entre le Tessin et l'Italie pour empêcher les clandestins. En Italie, le ministre Roberto Maroni voulait instaurer un permis à points pour les immigrés. Traversez l'océan ; à la suite du Ku Klux Klan, les bandes de cow-boys haineux franchissaient le nombre de mille. Dans le

Time, Mlle de Montretout figurait parmi les cent personnalités les plus influentes du monde, ce qui parut exagéré, mais le Russe Chirinovski lui avait composé un texte louangeur, celui-là même qui accusait les juifs de la faillite de son pays gelé et ordonnait aux étrangers de le quitter sans trop tarder. Silence ! on fermait les frontières pour mijoter entre soi.

Au lendemain des cantonales calamiteuses, la Cour entra en ébullition. Chacun rejetait sur son voisin la responsabilité de la déroute. Des ministres jugeaient le Parti impérial, lequel jugeait le gouvernement. Le duc de Meaux, M. Copé, eut une colère contre le duc de Sablé à la mèche noire, qu'il affirmait ne point être collectif ; le marquis de Paillé lui réclama des excuses ; le duc de Troyes, M. Baroin, s'en prit également au duc Copé à propos de son débat fort déplacé sur l'islam ; le duc du Val-d'Oise, M. Poniatowski, voulut qu'on évitât d'envoyer des signaux perturbants de cette veine ; le duc des Alpes-Maritimes, M. Leonetti, ajouta que le mélange des genres crée de l'angoisse ; M. Mauclair de la Creuse ajouta encore que la priorité était le coût de la vie ; le duc d'Evreux, M. Le Maire, demandait qu'on se penchât sur le social ; le connétable du Poitou, M. Raffarin, sermonna à son tour le duc de Sablé en doutant de sa loyauté envers Sa Majesté ; le duc de Sablé prônait souvent des positions contraires à celles de Notre Pimpant Leader mais il jurait qu'entre eux il n'y avait aucune divergence ; certains de son entourage pressaient pourtant M. de Sablé à remplacer l'actuel souverain sur le Trône, disant de ce dernier : « Quoi qu'il fasse, il nous entraîne dans le tourbillon de la rivière. Le rejet est tel, c'est irrationnel ! » Le duc de Valenciennes, M. Borloo, flatté par des chiffres avantageux, songeait à se libérer de la cacophonie impériale.

« Moi, la situation j'la sens bien, répondait à tous Notre Guide Serein. Faut pas croire c'qu'écrivent les gazettes. » Même prévenu à mi-voix du profond mépris que lui vouaient ses sujets, il reprit la route à leur rencontre pour les évangéliser. Il commença par visiter au pas de course une usine d'aluminium du Puy-de-Dôme afin de confier à des ouvriers en casques mauves son amour de l'industrie. A Bagnères-de-Luchon, il discourut dans un collège pour les jeunes mal partis, dont l'un d'eux avait été renvoyé après qu'il eut poussé son accompagnateur dans un ravin : « Mon parcours scolaire à moi, il a pas été prestigieux, mais j'ai été ministre et empereur. » Avec son insondable culot il retourna dans les Ardennes où il avait seriné son *travailler plus pour gagner plus* qui ne fut jamais une réalité. « Une usine, c'est beau », dit le Prince Ebloui pour montrer un jour favorable de son personnage, mais les ouvriers avaient de la mémoire ; moins d'un quart d'entre eux s'étaient déplacés et ils oublièrent d'applaudir à la fin, sur une nouvelle promesse déjà dépassée sitôt née, une prime de mille euros qui n'était déjà plus obligatoire et soumise à conditions. Le restant des ouvriers manifestait au-dehors, contenu par une multitude de policiers. Ces insolents n'entendirent pas les paroles du Velléitaire Monarque : « J'suis pas une girouette. Mon rôle c'est de taper du poing sur la table si ça va pas. Pour les experts, c'est pas possible. C'est normal : pour les experts c'est jamais possible. Sinon, ils seraient pas experts, ils seraient acteurs ! » Et Notre Satisfaite Majesté fit une mimique qui l'apparentait à M. Stan Laurel. Il rejoua son numéro de cabaret en Corrèze, mais sur le mode écologique, où il n'était guère convaincant. Il parla du bois, avec lequel justement on fabriquait la table qu'il se jurait de frapper du poing. Au Havre, la mer l'inspira comme le maréchal de Mac-Mahon. « Que d'eau ! » dit-il.

L'objectif neuf du Prince était de câliner les mécontents qui voyaient fondre leurs économies, s'ils en avaient. Il bloqua les tarifs du gaz, s'accorda avec les grands distributeurs afin qu'ils proposassent des produits à moindre prix, renforça les emplois aidés et revint sur la plupart des décisions que la veille encore il estimait grandioses. Le Prince, sans chagrin, déclara qu'il allait supprimer ce qu'on nommait le bouclier fiscal qui symbolisait l'inégalité et ne plaisait qu'à la grande-duchesse de Bettencourt et à ses amis. Cela devait faire rentrer six cents millions d'euros dans les caisses vides de l'Etat. Puis il remonta le seuil d'entrée de l'impôt sur la fortune, et trois cent mille possibles électeurs en furent dispensés. Cadeaux et pansements, Notre Bancal Souverain n'avait plus le choix s'il entendait raviver sa réputation. Le Parti impérial, lui non plus, n'avait pas le choix. Quand le duc de la Drôme, M. Mariton, proposa une primaire chez les impériaux pour désigner un candidat au Trône, il se trouva isolé. C'était évidemment au plus inconstant, au plus bagarreur, au plus tonitruant que revenait la première place, Nicolas Ier ; ils étaient tous contraints, même contre leurs sentiments profonds, de se serrer autour de lui comme une tortue de la légion romaine. Bien sûr, dans le camp retranché de la droite bourdonnaient les petits candidats, des diviseurs de la majorité impériale qu'il convenait d'isoler, de dissuader, d'éliminer par toutes sortes de moyens qui allaient de la menace au sourire. Le duc Copé, qui tenait le Parti de Notre Bouleversant Monarque, commandait de se reporter en bloc contre les adversaires et d'accuser leurs dissensions. Mme d'Aubry, baronne de Solferino, pensait-elle comme M. de Washington, dangereux parce que rassurant, mais si loin, si déphasé, et qui ne commentait point le programme établi par les sociaux ? Etaient-ils d'accord et comment ? Sur quoi ? La baronne de Solferino refusait de bousculer le calendrier de ses élections primaires, et chacun avait jusqu'à la fin juin pour se déclarer. Le projet n'avait pas encore de tête. Et si la patience virait à l'impatience, puis à la lassitude ? M. de Washington se faisait prier. Il y avait les pour et il y avait les contre. Le baron du Finistère, M. d'Urvoas, expliquait que le temps n'était pas encore venu et que ce n'était pas en tirant l'herbe qu'on la faisait pousser plus vite. Le baron des Landes, M. d'Emmanuelli, répliquait : « Le Parti social a un imam caché. S'il veut être candidat, il faudra quand même qu'il se batte un peu. Il n'y a pas de raison que l'on gratte la terre avec nos ongles et que lui arrive en voiturette de golf au Château. » Sa Majesté prédisait que, face au pugilat qui se préparait, M. de Washington allait reculer.

« Y a plus de respect pour rien », se désolait M. Arnaud en venant se recueillir sur la tombe de son épouse, au cimetière de Saint-Pierre-du-Perray. Les plaquettes de cuivre qui identifiaient les défunts avaient été dérobées, avec des éléments de décoration funéraire comme ce petit personnage qui jouait avec son chien ou un insecte d'Amazonie en bronze. Les voleurs de métaux sévissaient fortement à la veille de ce printemps. Ils chipaient les câbles de cuivre des chemins de fer, les portails, les bouches d'égout. Le prix du cuivre montait ? Les vols aussi. Les voies ferrées étaient surveillées par des hélicoptères pour prendre les bandits sur le fait. « Y a plus de respect pour rien », répétait en écho la pneumologue Irène Frachon de Brest, laquelle signala un scandale autrement nuisible puisqu'il s'agissait de voler aux gens leur santé. En recoupant des listes de malades, elle s'aperçut que trois cent mille personnes avalaient chaque matin un médicament toxique qui s'en prenait aux valves du cœur. Ce produit, le Mediator, était commercialisé depuis trente ans par le laboratoire Servier, une nouvelle version déguisée de l'Isoméride maintenant interdit, un simple coupe-faim pour patients enveloppés, un dérivé d'amphétamines qui vous inoculait un poison violent dans le sang. Prescrit à trois millions de personnes, il était remboursé par la Sécurité sociale à laquelle il avait coûté plus d'un milliard d'euros. Ce n'était plus de la pharmacie mais de l'industrie polluante, et M. Jacques Servier était le patron tout-puissant de ce douteux commerce.

M. Jacques Servier avait la mine tranquille d'un vénérable grand-père. A quatre-vingt-huit ans, ce poids plume flottait dans des vestons bleus aux épaulettes rembourrées qui le faisaient ressembler à Nosferatu, cet avatar du comte Dracula qui ne supportait pas la lumière du jour. Lui aussi préférait l'ombre, sobre et discret quoique mégalomane ; dans le hall de son usine de Suresnes il avait placardé son portrait haut de trois mètres. Parti de pas grand-chose à Orléans, il se hissa par son sens inné de la vente de molécules déguisées au neuvième rang des grandes fortunes françaises. Les neuf collaborateurs des débuts étaient devenus vingt mille. Ecoutez cette épopée noire jusqu'à son terme fatal, car elle nous éclaira sur la face cachée d'un monde et d'un homme que Notre Altesse Attendrie appelait « cher Jacques » en lui donnant l'accolade. Le Prince l'avait nommé à l'été 2009 grand-croix de la Légion d'honneur, ce titre suprême qu'on réservait aux plus méritants et aux plus utiles.

M. Servier fut un jeune Auvergnat. Selon lui, il acheta en 1954 une minuscule officine qui produisait de l'huile de foie de morue et du sirop. En réalité il en hérita avec son frère, qu'il sut écarter, pour fabriquer des médicaments et soigner ses réseaux commerciaux jusqu'au cœur de la politique, là où l'on délivrait les autorisations de mise sur le marché. Dans son hôtel particulier de Neuilly, rue Charles-Laffitte, il se mit à recevoir des grands patrons, des hauts fonctionnaires, des ministres, des gazetiers, des mandarins de l'Académie de médecine ou de l'Agence du médicament, des attachés parlementaires, des sénateurs salariés par ses laboratoires, rien que des gens précieux qui montraient leur connivence. Dès les années quatre-vingt il rencontra Notre Prince, lequel exerçait comme avocat d'affaires et aida puissamment ses sociétés à éviter l'impôt, les transformant en une fondation aux Pays-Bas, une région fiscalement aimable avec ce type d'entreprises. La firme de M. Servier, nul n'en connaissait la véritable histoire. Tout était cloisonné, les salariés avaient appris à se taire et les anciens collaborateurs aussi, par crainte d'un accident de voiture. Malheur à qui contredisait le patriarche. Ce fut le cas de cet épidémiologiste américain qui reçut des cercueils miniatures par la poste, ou ces détectives qui enquêtèrent sur la vie privée d'un libelliste trop curieux, ou cette avocate belge qui reçut une photo de sa fille sur le chemin de l'école. Chez M. Servier, les syndicalistes ne s'attardaient guère pour nuire et le maître disait d'eux : « Les traîtres, cela se voit. Il faut reconnaître à leur odeur les fauves. » Il faisait recruter ses employés par des policiers maison, une bande d'anciens militaires et d'anciens agents des services secrets. Ils écrivaient des fiches sur les postulants : « Cette collaboratrice a des convictions de gauche. Elle a scandalisé son village en épousant un Noir. » Ou encore : « Cette ouvrière a un père communiste. » Ou encore : « Ce syndicaliste est qualifié d'homosexuel. » Quelques-uns trouvaient grâce, comme cette mère de famille catholique qui fréquentait des amis hostiles au Parti social.

M. Servier eut quatre filles, dont l'une décéda et l'autre fut condamnée pour avoir tué son mari à la hache car elle avait pris des tranquillisants. L'aînée et la plus jeune, après avoir travaillé avec leur père, se brouillèrent et s'exilèrent à Bruxelles. Elles le voyaient froid et manipulateur. C'était vrai qu'il manipulait, et d'abord les molécules. Il fallait que ses gélules lui ramenassent toujours plus de sous, quitte à en détourner les indications initiales, remplaçant un diurétique par un anti-hypertenseur. Rien de grave. Les tests étaient fabriqués, les laboratoires payés. Depuis vingt ans M. Servier vendait des placebos. Ses visiteurs médicaux fonctionnaient comme une armée. De jolies jeunes femmes formées au lavage de cerveau parvenaient à convaincre les médecins réticents. Et puis, avec des cadeaux on appâtait le client, on offrait des stylos, des congrès à Prague ou à Miami ; on s'attachait aussi des sociétés savantes et des gazettes médicales ; on partait démarcher en Russie, en Pologne, au Mexique, en Chine où l'on monta des usines. La fondation n'était pas obligée de publier ses comptes, et l'entreprise éclatait en de multiples sociétés. La filiale de Genève, qui gérait le patrimoine de M. Servier, était dirigée par M. Dominique Mougeotte, le frère d'un libelliste qui prenait ses consignes au Château. M. Servier était un fidèle du Parti impérial, et lorsqu'on l'accusa d'avoir tué deux mille personnes avec son Mediator, il se défaussa : « C'est une fabrication ! Il y aurait peut-être l'idée d'embêter le gouvernement ! »

Des siècles avant nous, M. Suétone croquait l'empereur Tibère avec ces mots : « Jusqu'ici nous avons parlé d'un prince ; il nous reste à parler d'un monstre. Non content d'avoir pris de multiples surnoms – on l'appelait, en effet, le pieux, le fils des camps, le père des armées, le meilleur et le plus grand des Césars –, comme il entendait un jour des rois, venus à Rome pour lui rendre hommage, discuter à table devant lui sur la noblesse de leurs origines, il s'écria : *N'ayons qu'un seul chef, qu'un seul roi.* » Notre Vipérine Majesté, laquelle n'avait point la carrure d'un monstre mais d'un farfadet, qu'on surnommait Nicolas le Névrosé, le Père du Déficit ou le Protecteur des Grandes Fortunes, fit sienne la dernière affirmation de Tibère extraite de l'*Iliade*. L'Unique, c'était lui. Comme le Parti impérial, sur quoi il reposait, s'affaiblissait et semblait se diviser en menus morceaux, il voulut le cimenter afin qu'il n'implosât pas. Ses deux principales formations qu'il avait tenté de souder, le Parti de l'ancien roi Chirac et le Parti de l'ancien roi Giscard, tendaient effectivement à s'éloigner l'une de l'autre pour revenir à l'état antérieur ; ils acceptaient de voguer côte à côte mais armés, et non plus cousus ensemble. Ceux qui prônaient la valeur du centre, eux-mêmes émiettés en plusieurs clans, se détachaient des impériaux les plus stricts qui louchaient vers l'électorat de Mlle de Montretout. Notre Mielleux Monarque convoqua ces rebelles au Château pour mieux les amarrer à sa personne ; le temps approchait vite où il faudrait soit chasser, soit confirmer le souverain sur son trône doré.

On décelait dans ces manœuvres une odeur de fin de dynastie. L'ennui, avec le centre, venait qu'il se situait au centre, qu'il oscillait tantôt vers le Parti impérial, tantôt vers le Parti social, et risquait à tout moment de quitter l'un pour l'autre en faisant basculer la fragile majorité. Il fallait attirer ou décapiter ces forces d'appoint. Le Prince envisagea donc d'utiliser les chefs de ces boutiques centristes pour qu'ils ne lui fissent pas de l'ombre. Il joua d'abord du pipeau aux oreilles du duc de l'Eure, M. Morin, son ancien ministre de la Guerre qui avait peu apprécié un brutal renvoi. Sa Majesté disait de lui : « C'est un bourrin ! », bref, une haridelle face au pur-sang impérial en quoi s'imaginait le Prince. M. Morin répondait : « Nous traçons notre route car nous ne voulons pas être la salade qui décore le plat principal. » Avec l'aisance d'un séducteur que lui conféraient ses cheveux prématurément blanchis mais abondants, M. Morin n'hésita jamais à poser dans des gazettes en cuisinier, joueur de tennis ou éleveur de chevaux de course, lesquels, parfois, gagnaient. Il accepta l'audience au Château et trouva le Prince chaleureux et sympathique, s'inféodant davantage sans s'en apercevoir. Il mit toutefois une distance en refusant de participer aux petits déjeuners du Parti impérial, dont il faisait encore un composant, et le Prince lui dit en souriant : « Très bien, tu fais tes choix. »

Sa Majesté s'occupa ensuite de M. Bayrou, c'est-à-dire François-Sans-Terre depuis que la route de Pau lui avait été barrée, et qui, malgré les défaites répétées et les quolibets, avait toujours refusé un ministère, préférant la solitude à la vassalité, cognant désormais à gauche où l'on avait repoussé ses offres de service, et soulignant à quel point il était à part. On le vit sous des pins parasols, en bras de chemise, haranguer son clan contre le culte de l'arrogance et de l'argent. Le ventre mou mais l'âme paisible, il parlait de simplicité et de vérité : « Je ne risque pas de céder à la tentation parce qu'il n'y a pas de tentation. » Le Prince le préférait ainsi, tout faible mais dirigeant le centre ; s'il l'accusait hier, il le louait aujourd'hui car le peuple, dans son immense sagesse, plaçait le centre vers la droite. François-Sans-Terre servait la cause du Prince en critiquant ses rivaux : « M. de l'Eure et

M. de Valenciennes ont été ministres. Ils ne sont point du centre et ne désirent qu'une carrière. » François-Sans-Terre croyait en son destin.

Demeurait le plus coriace.

Le duc de Valenciennes, M. Borloo, s'était longtemps prétendu utile à Sa Majesté, et jurait encore que s'il se présentait au Trône, cela amènerait au Parti impérial des voix auxquelles il ne pouvait dès l'abord prétendre, mais qui se rallieraient. Il était enthousiaste, ne souhaitait pas être un associé dilué des impériaux, au sein de leur Parti, mais un rabatteur au-dehors. Comme le kangourou, qui restait des heures immobile et, soudain, bondissait à l'autre extrémité de la prairie, le duc de Valenciennes étonna son monde, un soir sur les fenestrons, en s'affranchissant du Prince. Les gazettes du lendemain titrèrent en grosses lettres, comme un faire-part :

CI-GÎT
LE PARTI
IMPÉRIAL
M. de Valenciennes
et la famille centriste
ont l'immense regret
de vous annoncer
la disparition
prématurée
du Parti de Nicolas Ier

Un reporteur du *Washington Post* remarquait que les Américains partaient en guerre avant une élection. Il citait M. Robert De Niro dans *Des hommes d'influence,* qui étouffa un scandale en fabriquant une guerre factice en Albanie pour emporter les suffrages. Notre Satanique Leader agissait de même ; dès qu'il se sentait en défaut sur un terrain, il se déplaçait sur un autre. Entre offensives et reculades, la guerre de Libye traînait et il ne pouvait en espérer une issue rapide et glorieuse, alors il se tourna contre le roi Gbagbo pour montrer son autorité. Tout avait commencé cinq mois plus tôt dans l'une de nos anciennes colonies, la Côte d'Ivoire, où nous avions conservé nos aises. Le pays était riche, même si la moitié des habitants vivait avec un euro par jour. On y trouvait du cacao, du café, de l'or, du manganèse, du fer, du pétrole. M. Bolloré gérait le terminal des conteneurs du port et le chemin de fer qui courait d'Abidjan au Burkina-Faso. M. Total venait de signer l'exploitation d'un gisement pétrolier. M. Bouygues projetait un pont sur la lagune. Malheureusement, les Français étaient sur place en proie à un couvre-feu qui les privait de personnel, et l'approvisionnement devenait difficile. La situation était tendue, les frontières fermées et les fenestrons étrangers suspendus ; la chaîne nationale ne diffusait que des reportages sur le crabe poilu ou le vin de palme. Tout cela parce que le roi Gbagbo refusait de céder son trône au roi Ouattara qui avait, dit-on, gagné les élections. M. Gbagbo refusait : dans neuf départements du Nord il y avait eu des fraudes. La Côte d'Ivoire avait ainsi deux rois et ils avaient prêté serment chacun de leur côté, l'un au Palais et en cérémonie, l'autre par écrit depuis l'hôtel du Golf où il s'était abrité. Notre Leader Belliqueux avait appris cette situation alors qu'il voyageait à Bangalore avec Madame. Considérant les résultats du scrutin, il déclara, d'accord avec nombre de souverains étrangers, que M. Ouattara l'avait emporté largement, et, de son avion A-330, il l'appela pour le féliciter. Puis il téléphona au vaincu, M. Gbagbo, pour lui donner une leçon de morale et un sec ultimatum qui n'eut aucun effet, ce qui était normal puisqu'il lui parlait comme à l'un de ses sous-préfets et que ce langage de soudard insupportait : M. Gbagbo s'en cramponna d'autant mieux à son trône. A côté de ses intérêts économiques, Notre Prince n'oubliait pas que ce M. Gbagbo, quand il était dissident et emprisonné sous le règne de M. Houphouët-Boigny, avait reçu la visite du futur roi Mitterrand qui obtint son élargissement, car il appartenait au Parti social mondial et y avait noué des amitiés persistantes.

Là-bas, à Abidjan, des soldats en cagoule tiraient sur des manifestants dans le quartier d'Abobo. La situation dégénérait en guerre civile. La peur s'installait et le roi Ouattara se retranchait dans son hôtel entouré de blindés, de cocotiers et de Casques bleus togolais ou nigériens. Le roi Ouattara était bloqué dans le bureau du directeur de ce quatre-étoiles transformé en campement. Des obus tombèrent sur un marché. L'affrontement gagna le pays. A Yamoussoukro on entendit des tirs de roquettes. Les rebelles du Nord au service du roi élu s'entre-tuaient avec les bourgeois en treillis du roi battu. Les partisans du roi Gbagbo se mettaient à genoux pour prier le dieu des armées. Les cadavres s'amoncelaient dans les rues. Des excités lynchaient des passants qu'ils brûlaient vifs. La ville était livrée au pillage, l'eau manquait, et l'électricité, et la nourriture. D'abord, les troupes françaises avaient été discrètes et se contentaient de veiller au salut de nos quatorze mille expatriés qui contribuaient en première ligne à la croissance de notre ancienne colonie, et à celle de nos entreprises. Puis, voyant les hommes du roi Ouattara piétiner aux abords du palais royal de Cocody, Sa Majesté oublia qu'elle avait déclaré que « la France n'est pas le gendarme de l'Afrique » pour précipiter les événements et prendre précisément une posture de gendarme, mais, à cette époque, elle passait un temps infini à se renier. Appuyé sur une résolution internationale qui lui permettait, comme en Libye, d'intervenir pour protéger les civils, et voyant le chaos où ils étaient plongés, Notre Prince déclencha les opérations, lesquelles consistaient à envoyer ses hélicoptères Gazelle détruire le camp militaire d'Akouédou et celui d'Agban où nichaient des gendarmes fidèles au roi défait, surtout le palais royal et la résidence de Cocody. Grâce à nos vingt blindés AMX-10 qu'on supposait protéger notre ambassadeur, nos soldats ouvrirent des brèches dans les murs au canon, afin que s'y engouffrassent les miliciens du roi Ouattara. Ce fut à cause de cette lourde intervention que le roi Gbagbo fut capturé dans une casemate souterraine, avec sa famille et ses cuisiniers, sans qu'aucun soldat du Prince ne posât ses bottes à l'intérieur du Palais, ni même sur les pelouses, car ils ne devaient offrir qu'une décisive assistance technique.

Notre Monarque Assouvi se félicitait d'avoir imposé par ses armes un ami sur le trône de la Côte d'Ivoire. C'était entre eux une longue et magnifique histoire. M. Ouattara était musulman mais il aimait le bon vin et le basket américain. Fils d'un riche commerçant burkinabé et d'une mère ivoirienne, il vécut en nomade entre plusieurs pays, sortit docteur en économie d'une université de Pennsylvanie avant de rejoindre la banque puis le Fonds monétaire international, à l'instar de M. de Washington quant à la compétence monétaire, ce qui le rapprocha de feu le roi Houphouët, autoritaire sur la fin, dont il devint un temps le Premier des ministres pour redresser les finances, mais point son successeur. Evincé, traité d'Ivoirien incomplet, il se replia de sa villa de la Côte d'Ivoire à sa villa de la Côte d'Azur, à Mougins, parce qu'il avait épousé une Française qui possédait des cosmétiques, des salons de coiffure et dirigeait une agence immobilière très en vue à Paris comme à Abidjan. A son mariage dans le XVIe arrondissement il invita M. Martin Bouygues auquel il avait concédé l'exploitation de l'eau et de l'électricité de son pays, lorsqu'il le gouvernait, et par cette amitié neuve en vinrent d'autres, celle, par exemple, d'un ministre de M. Balladur qui n'était autre que Sa Majesté. Ils se virent et se revirent. Mme Ouattara devint la grande amie de l'ex-impératrice Cécilia. Récemment Notre Prince Avenant téléphonait trois fois par jour au roi Ouattara. Dans la proximité de ce nouveau souverain, certains émettaient des doutes sur sa personnalité : « N'est-il pas trop blanc ? La Côte d'Ivoire a-t-elle besoin d'un grand technocrate international ? » Le peuple, peut-être pas. Sa Majesté, si : voici l'homme qui allait nous faciliter la tâche et développer nos firmes. Et de vilipender cet infréquentable roturier de

Gbagbo, hors du jeu dans la suite 468 de l'hôtel du Golf où il était bouclé. Quel étrange loustic, celui-là, et mauvais perdant avec ça ! A quoi ressemblait-il vraiment, le bonhomme qui s'entourait en guise de conseillers de curieux pasteurs, l'un négociant des armes, l'autre chantant du rap ? Il était persuadé que Dieu lui avait donné la Côte d'Ivoire, et quand il apprit que la statue de la Vierge avait bougé à Asboville, il prit cela pour un signe et leva les yeux au ciel. Pour le transformer en dictateur, sur le modèle courant des réprouvés du printemps arabe, on mentionnait des détournements de fonds, comme lors de la vente de la villa de Vandœuvre ; elle avait été cédée pour quinze millions de francs suisses à un Libanais qui vendait du café ivoirien et ressemblait à un paravent. On apprit très tôt que M. Gbagbo aurait accaparé plusieurs centaines de millions d'euros. On tira sur lui la porte et nos affaires reprirent leur cours.

Le Prince ne pensait qu'à soi. Les guerres de Libye et de Côte d'Ivoire n'ayant eu aucun effet sur sa popularité, il combattit le duc de Valenciennes qui l'avait trahi en l'asséchant et en torpillant son entourage. Notre Délétère Suzerain manipula l'inauguration d'une usine des Côtes-d'Armor, à Saint-Gilles-du-Mené, afin que le duc de Valenciennes, qui y avait été convié, se retrouvât le bec dans l'eau ; il suffit, sans le prévenir, d'avancer l'heure de la cérémonie pour qu'il arrivât très en retard et ne pût y participer. D'autres ruses agaçantes de ce bas niveau intervinrent en chaîne pour détruire le moral de ses lieutenants, que le Prince vit un par un au Château pour les dissuader de se présenter contre lui. Les uns furent promus, car les hochets ont mille vertus apaisantes, les autres intimidés, les plus résistants enveloppés de roucoulades sur toute la gamme, de l'autorité jusqu'au sentiment. L'un des fidèles du duc confia : « Si on veut vous décourager, c'est peut-être que votre petite entreprise à des chances de prospérer. » M. de Valenciennes jurait qu'il irait à l'élection au Trône, contre Sa Majesté s'il le fallait, mais celle-ci, le connaissant, le sachant aussi velléitaire que lâche, pensa à part lui que c'était une baudruche, qu'il n'oserait jamais parer les coups.

Le Prince ne pouvait se réduire à cette mesquine stratégie ; il voulait du flamboyant et était désireux de se montrer en Monarque Eclairé ; contrairement à sa réputation d'ancien cancre, il s'appliqua à faire savoir qu'il s'y connaissait en lettres et en arts, dont il était le protecteur par sa fonction ; il s'y prit sur le mode scolaire, il avait une solide mémoire mais semblait réviser un programme en vue d'examens, saisissant au vol des citations, des noms, des jugements, bref, il se rangeait à la malicieuse observation d'un M. de La Bruyère qu'il avait survolé au collège, et qui figurait dans son chapitre sur la Cour : « Avec cinq ou six termes de l'art, et rien de plus, l'on se donne pour connaisseur en musique, en tableaux, en bâtiments, et en bonne chère ; l'on croit avoir plus de plaisir qu'un autre à entendre, à voir et à manger ; l'on impose à ses semblables, et l'on se trompe soi-même. »

Le Prince réalisa M. de La Bruyère dans le détail, comme s'il était son précepteur, jusqu'à réussir à se tromper soi-même sur sa culture, dont il était fort mal pourvu mais qu'il étalait avec une certaine gourmandise. Sortait-il d'un aéroplane qui le ramenait de Bruxelles, que trouvait-on dans son sac en cuir vert ? Un roman historique de M. Enzensberger aux phrases surlignées au feutre jaune pour les mieux retenir et épater ses convives. Il avait posé *Le Nom de la rose* en évidence sur son bureau, comme s'il avait dévoré cette somme pédantesque farcie de latin. On répétait qu'il venait de terminer *Les Raisins de la colère* et qu'il avait appris par cœur les noms de tous les personnages. Nul ne crut qu'il se repaissait de M. Tolstoï pendant ses longs voyages, trop prompt à hacher sa lecture de *La Guerre et la paix* pour bavarder avec celui-ci ou celle-là ; il ne plongea pas vraiment dans ce flot interminable de bals et de batailles, qu'il promenait avec lui dans la collection de La Pléiade, mais, comme d'ordinaire, il avait cherché des scènes bien campées et des répliques à citer, afin de montrer que les héros du roman étaient ses familiers.

Eloigné du duché de Grenoble par vingt-neuf mois de prison pour des affaires de corruption, le comte de Carignon servait au Prince de Sganarelle. Cet entremetteur fut jadis à la Communication où il consolida un carnet d'adresses qui lui servait aujourd'hui pour une large part, accompagnant au Château et par la main des comédiens, des fins diseurs, des historiens, des chanteurs qu'il tutoyait, tout un aquarium de personnalités capables de conférer un vernis à l'Avide Souverain, pour qu'il brillât au contact de ces gens brillants ou supposés l'être, lesquels acceptaient une invitation au Château, soit par haine profonde du Parti social, soit par curiosité ; qu'ils le voulussent ou pas, ils constituaient une caution intellectuelle à l'approche de l'élection au Trône. Ils écoutaient et il parlait. Il redisait à chaque fois sa leçon, comment Fabrice del Dongo n'était qu'un bellâtre ou Lawrence d'Arabie un grand homme, mais il devait penser à Gérard Philipe et à Peter O'Toole qu'il avait vus sur un écran. Surtout, Sa Majesté était cinéphile et il voulait en convaincre ses visiteurs. Lui qui riait aux larmes en regardant *Le Grand Restaurant* avec M. Louis de Funès en venait aux classiques, qu'il avalait avec ce désordre propre aux autodidactes. Il tombait sur un auteur et en voulait toute l'œuvre qu'il se faisait fort de digérer. Ainsi demanda-t-il tous les Hitchcock ou l'intégrale de M. Jacques Demy. « Comment ? disait-il, vous n'avez jamais vu *Broken Lullaby* ? » C'était un mélodrame de M. Lubitsch pour désorienter car la plupart des spécialistes l'avaient oublié, mais pas le Prince que ravit cette œuvre de 1932 qui fut un complet ratage quand elle sortit en salles. De même, il citait souvent Dreyer, notamment *Ordet*, un chef-d'œuvre du mysticisme soporifique. Ah ! les yeux de merlan de Falconetti dans sa *Jeanne d'Arc* sur le bûcher... Ah ! les merveilles du cinéma italien ! Ah ! le *Voyage en Italie* de M. Rossellini et le *Voyage à Rome* avec M. Gérard Jugnot. Aimait-il M. Pasolini ? Pas trop, répondait-il : « J'ai vu *Théorème*, et disons qu'c'est l'maximum de ce que j'peux supporter dans la Nouvelle Vague. » Donc, M. Pasolini appartenait à la Nouvelle Vague, ce que nous ignorions dans notre immense inculture. Sa Majesté pouvait bien télescoper les époques et les genres, elle avait raison jusqu'au ridicule.

Chapitre V

UN BÉBÉ ÉLECTORAL. – M. DE WASHINGTON SE PRÉPARE. – LE SOFITEL MAUDIT. – HONTE À NEW YORK. – RICHES ET PAUVRES. – RAVISSEMENT DE SA MAJESTÉ. – PORTRAIT EN PIED DU DUC DE DRAVEIL. – UN PHILOSOPHE TROP BAVARD. – LE CONCOMBRE DÉMASQUÉ. – UN DÉBUT DE CAMPAGNE CONSIDÉRÉ COMME UN CONCOURS DE CRACHATS. – VERS 2012.

« Alors, Madame, envie de fraises ? » C'était une réclame écrite en rose dragée, et les curieux qui visitaient l'adresse électronique indiquée tombaient sur un site de mode pour femmes enceintes ; les futures mamans, y disait-on, ne parlaient que de la grossesse de Madame. Une gazette féminine pour les stars se lança : on avait des images d'elle sortant d'un dîner au Ritz ou se promenant au Salon du Livre, et elle masquait l'arrondi de son ventre sous une étole ou derrière un magazine. Le site *Atlantico*, tout proche de Nicolas Ier, croyait savoir que Madame était enceinte de trois mois, or elle avait quarante-trois ans ; un spécialiste des bébés tardifs expliquait la prudence du Château à annoncer la merveilleuse nouvelle : il y avait à ce stade des risques de fausse couche ou de trisomie 21. Des barons du Parti impérial savaient mais se taisaient. Il y avait eu un terrible attentat dans un bar touristique de Marrakech qui avait tué une femme enceinte, justement, et la joie impériale aurait semblé malvenue. Les signes s'accumulaient pourtant. Recevant au Château les lectrices d'une gazette populaire, Madame portait un châle qui enveloppait son ventre et n'alluma aucune cigarette pendant deux heures et demie. Des indélicats prétendaient qu'une naissance, six mois avant la Dispute du Trône, serait une aubaine pour Notre Superbe Leader ; imaginez-le, penché sur un berceau, au mois prochain d'octobre, tandis que le Parti social se déchirerait en luttes fratricides à son élection primaire. Un ministre anonyme s'interrogeait : « Combien de points de popularité rapporte un bébé ? » Un sondeur avisé répondit : « A mon avis, cinq points. » Comme toujours il y eut des voyous pour se gausser de la noble situation qu'était la nativité impériale, et ils publièrent ce barème :

un fils, 1 point
une fille, 2 points
des jumeaux, 4 points
des siamois, 6 points la paire
un bébé noir, 7 points
une fillette barbue, 8 points
un homard, 12 points

Nous n'en étions point encore là. Lorsqu'on interrogeait Madame à ce sujet, elle escamotait la question : « C'est privé. Je veux protéger ma vie privée et familiale. Je suis sûre que les gens me comprennent. » Tudieu non ! Les gens, ils en voulaient davantage. Les gazetiers traquaient Madame dès qu'elle posait un pied dehors. Par le plus parfait des hasards, elle multiplia ses sorties, donna des conférences sur l'illettrisme, mit des lunettes noires pour qu'on la reconnût mieux et s'en alla avec un seul garde du corps faire des emplettes. Ainsi la suivit-on rue de Rivoli, dans une boutique de prêt-à-porter d'une simplicité reconnue, *comme tout le monde*, et ses suiveurs éhontés récupérèrent son ticket auprès d'une caissière à laquelle il suffit de glisser un billet de banque dans la main. Pour trois cents euros, Madame avait acheté des articles de grossesse, pantalons, tuniques larges, chemisiers, jeans à taille extensible.

La vérité sortit de la bouche du père lui-même de Notre Foutresque Tyranneau, qui se confia au quotidien allemand *Bild* : « Je me réjouis de l'arrivée de mon prochain petit-enfant. » Il ajouta : « Les parents ne veulent pas connaître le sexe de l'enfant à l'avance, mais je suis sûr que ce sera une fille. » Les aveux s'enchaînèrent. Mamma Marisa, la propre mère de Madame, confirma l'annonciation dans *La Stampa* de Turin, puis l'épouse échevelée de l'ancien roi Chirac s'autorisa des confidences : « C'est le bonheur absolu pour le ménage. Un bébé qui arrive au Château, ce n'est pas fréquent. Je m'en réjouis et tous les Français s'en réjouissent ! » Chacun de réfléchir à un prénom, sera-ce Arthur, Gédéon, Oscar ou Brutus ? Marthe, Rodogune, Marcella ? On sut bientôt que Madame était suivie à la clinique de la Muette par le professeur

Olivennes et qu'un étage lui serait réservé, que Nicolas le Névrosé avait réuni en cellule des publicitaires, des conseillers comme l'abbé Buisson, des politologues pour régler la communication du Château. Seules les gazettes furent émues par un afflux de lectrices, aussi étaient-elles généreuses en images. Il y avait à montrer plus qu'à dire, quoiqu'elles publièrent des conseils : « Elle doit veiller à sa circulation sanguine, donc je lui recommande la bicyclette. » Ou : « Il faudra qu'elle limite les voyages officiels dès le sixième mois. » Ou même : « Je lui conseille de chanter deux fois plus. Le bébé bénéficiera aussi des vibrations qu'on dégage en chantant. » Dès lors, Madame s'afficha partout avec son ventre gonflé. Un professeur de sciences politiques expliquait : « Il s'agit d'exposer cet événement heureux sans en parler, de sorte qu'on ne puisse pas reprocher au couple impérial de transformer cette maternité en argument électoral. »

Vous avez lu bien sûr les *Contes de la bécasse* de M. de Maupassant ; l'une des nouvelles les plus saillantes du recueil, « Ce cochon de Morin », vous avait permis de sourire à la polissonnerie. Souvenez-vous. Cela racontait la mésaventure d'un mercier de La Rochelle venu s'encanailler à Paris, sous prétexte de s'approvisionner en dentelles et boutons. Après quinze jours de cabarets, notre Morin rentra chez lui. A la gare, il avisa une belle personne de vingt ans et la suivit. Très émoustillé, il monta derrière elle dans un wagon vide, s'installa, et, comme il la croyait aguicheuse parce qu'elle souriait au paysage, il bondit, l'embrassa. Elle cria. A la station de Mauzé, deux gendarmes l'arrêtèrent. Quand on demanda à la jeune fille pourquoi elle n'avait pas changé de voiture, ou remis à sa place ce cornichon de Morin, elle rit : « C'est vrai ce que vous dites ! mais que voulez-vous ! J'ai eu peur ; et, quand on a peur, on ne raisonne plus. Après avoir compris la situation, j'ai bien regretté mes cris ; mais il était trop tard. Songez aussi que cet imbécile s'est jeté sur moi comme un furieux, sans prononcer un mot, avec une figure de fou. Je ne savais même pas ce qu'il me voulait. »

Eh bien, il arriva à peu près la même mésaventure à M. de Washington, mais cela prit des proportions. Il faut préciser que l'affaire se déroula dans un hôtel de New York et non point dans le train pour La Rochelle. Voici donc les faits, tels que nous les connaissions alors, avec leur outrance et leurs ombres, qui pesèrent considérablement sur bien des politiques, bien des mœurs, bien des femmes et bien des hommes, effaçant l'exécution au Pakistan de l'infâme M. Ben Laden à l'issue d'une traque de dix ans. M. de Washington bouillait du dedans. Il portait beaucoup de valeurs, une ambition que rien ne contraignait, de l'esprit, mais un esprit traversé d'éclairs de débauche qu'il laissait passer en fantaisies. Serait-il le prochain empereur ? Les chiffres l'y encourageaient fort, mais toujours il balançait entre deux charges, ne pouvant quitter la certaine pour l'incertaine. Sa vie jusqu'alors avait été un roman libertin, il ne le croyait pas achevé, et il avait encore des espérances de jeune homme. Il parcourait cinquante-huit pays chaque année et, sans cesse, pliait ses chemises à col américain de chez Brooks Brothers dans de toujours différentes penderies, un jour au seizième étage de l'hôtel Spapia en Corée du Sud, un autre à Nairobi ou à Bruxelles, et il défroissait ses costumes sur la barre du rideau de douche en laissant couler une demi-heure l'eau bouillante. Voulait-il être élu ? Il préférait être nommé.

M. d'Hollande, baron de La Corrèze, se posait déjà contre lui pour les élections primaires du Parti social, puis pour la Dispute du Trône. Opposé à Sa Majesté, le baron obtenait maintenant 21,5 % au premier tour, et M. de Washington seulement 23. Ce dernier réfléchissait. Il prétendait adoucir la dette des Grecs qui rongeait leur pays, et il se souciait comme d'une guigne de M. de La Corrèze, qu'il négligeait fort et dont il disait, si par mégarde il insistait sur sa candidature : « Sa vie politique s'arrêtera et il n'aura rien », pour signifier que M. de Washington victorieux écraserait le moucheron. A ceux qui avançaient son éloignement au-delà de l'Atlantique il disait aussi : « J'ai passé moins de temps en Amérique que Charles Ier de Gaulle à Londres. » A ceci on comprit sa nouvelle détermination, qu'il confia à des gazetiers réunis par lui dans un estaminet du IIe arrondissement de la capitale : « Je suis aujourd'hui la concordance de tout ce que veulent les Français : la compétence reconnue, le calme, l'expérience internationale. » Pour lui, Nicolas le Névrosé était infantile mais touchant, il n'allait jamais au bout des choses, il jouait le coup d'après sans avoir fini de réfléchir au précédent.

Le 28 avril, le photographe occasionnel d'une agence prit un cliché qui fit du vacarme. On y voyait M. de Washington, devant son nouvel appartement de la place des Vosges, monter à bord d'une Porsche

Panamera S. Le symbole était lourd pour un prétendant de la gauche. Le Parti impérial sauta sur l'occasion de se réjouir et ironisa : « C'est compliqué d'incarner un candidat populaire quand on roule dans ce genre de voiture luxueuse ! » Sa Majesté renchérit en privé afin que cela se sût en public : « A côté de sa montre, ma Rolex apparaît comme un vulgaire modèle ! » Et d'éplucher le train de vie de M. de Washington pour le dévaluer, et d'étaler le prix de ses costumes et de ses menus fins. On apprit vite que la Porsche était la voiture de fonction d'un collaborateur de l'archiduc. Ce fut le site *Atlantico* qui diffusa la nouvelle, duquel un actionnaire était ce M. Dassier qui avait offert son électronique pour la campagne que gagna Notre Malin Souverain. Comment le savait-il ? Avait-il consulté le fichier de la police ? Les proches de M. de Washington soupçonnèrent le Château. Au reste, les plus fervents des impériaux parlèrent de *Porsche tranquille* en écho à la *Force tranquille* de feu le roi Mitterrand. M. d'Hortefouille osa ce qu'il crut un bon mot : « En 1981 c'était le poing et la rose, aujourd'hui c'est la Porsche au volant. » L'insouciant M. de Washington semblait pourtant se défier de tout et de tous, il se pensait écouté, devinait les prochaines attaques qui devaient le déstabiliser : « Ça va cogner sur ma supposée fortune, ma façon de vivre, les femmes... Je ne serais pas surpris qu'on me provoque en payant une délurée afin qu'elle hurle au viol dans un parking. »

Ce qu'il avait prédit advint.

Au matin du 15 mai, la *Gazette du dimanche* titrait sur l'écart qui se resserrait à se toucher presque entre M. de Washington et le baron de La Corrèze. En début de journée ce titre fut remplacé par un autre : *Dernière minute : M. de Washington arrêté à New York.* Ce fut une stupeur telle qu'on en vit peu de cette taille. L'article, hâtif, dévidait les événements qu'on pouvait livrer :

> Il était près de vingt heures, heure de New York hier soir, quand deux quotidiens, *The New York Post* et *The New York Times*, ont révélé l'information. M. de Washington a été arrêté par la police américaine à bord de l'avion d'Air France qui devait le ramener à Paris. Le vol AF 23 devait décoller de l'aéroport Kennedy une dizaine de minutes plus tard quand trois policiers en civil sont montés dans la carlingue et ont prié le directeur général du Fonds monétaire international de les suivre...

M. Jerome Charyn, romancier né dans le Bronx, posa un regard expert sur la situation : « Il n'était pas obligé de suivre les policiers à l'aéroport. Sans doute l'ignorait-il, mais, s'il avait été new-yorkais, il ne l'aurait pas fait. » Pour cet écrivain renommé, malgré son très haut rang M. de Washington n'avait pas compris le pays où il résidait. Fait aggravant, il était étranger, français de surcroît et par définition léger en terre puritaine. Il suivit donc naïvement les policiers, se retrouva gardé à vue dans un commissariat en brique du centre de Manhattan. Il avait logé une nuit au Sofitel de Times Square, dans le quartier des théâtres, où il avait bousculé une femme de chambre de trente-deux ans qui porta plainte. Elle était noire, pauvre et bonne travailleuse ; il était blanc, riche et bestial jusqu'à la caricature. Toutefois, la plaignante qu'on ne vit pas n'était point sans voix, on n'écouta que sa version des faits sans que M. de Washington pût répondre, abandonnant sa parole à un avocat très en vogue qui avait débuté en défendant des caïds de la Mafia. Sans attendre, les gazettes locales le traitèrent de pervers et lui versèrent sur la tête des tonneaux d'immondices. On l'inculpa de tentative de viol, d'acte sexuel criminel et de séquestration illégale. On raconta qu'il s'apprêtait à fuir par un vol prévu depuis des jours. Redoutant la colère de la communauté noire, le procureur élu qui entendait bien être réélu, sans vérifier les preuves, jeta M. de Washington dans la terrifiante prison de Rikers Island où il commença à déprimer. On venait de lui faire subir une coutume locale, le *perp walk* en dialecte indigène, lequel consistait à marcher vers le tribunal, mal rasé, col ouvert, menotté dans le dos, avec un pardessus jeté sur les épaules et qui glissait, sous les huées, sous les flashes, devant le monde.

A part le député Bernard de Bré, le Parti impérial se voulut réservé, mais M. de Bré insista sur les fenestrons : « C'est humilier la France que d'avoir un homme comme lui, qui se vautre dans le sexe, et ça se sait depuis longtemps. » Il tenait ces certitudes d'un ami du Sofitel, dont le patron était un ancien des services secrets français. Sinon, aucune fausse note. La consigne fut de ne point exulter, même si Sa Majesté, en privé, grimpait aux rideaux en poussant des cris de joie parce que son principal adversaire était disqualifié. La voie vers le Trône se dégageait. Il fit semblant d'être affligé car M. de Washington aurait été si utile pour sauver la Grèce. Et l'opinion ? Elle croyait au complot. On disait que le groupe Accor, propriétaire de l'hôtel maudit, avait prévenu le Château une heure après l'arrestation. Que le directeur de la police de New York avait été jadis décoré par Nicolas Ier. Que le directeur de la sécurité de l'hôtel était de la Police judiciaire, qu'il avait dirigé l'Antigang. Que l'information filtra d'abord sur l'électronique grâce à M. Jonathan Pinet, membre du Parti impérial, puis grâce à M. Dassier peu après, sur *Atlantico*. D'autres prétendaient voir la main des Américains qui estimaient peu l'action de M. de Washington, d'autres accusaient les Russes qui avaient intérêt à ce que Nicolas Ier restât sur le trône : ils auraient éliminé son rival le plus dur.

Quoi qu'il en fût, complot, piège, traquenard ou satanée pulsion, ce qui se passa dans la suite présidentielle 2806 relevait de la performance, tant par sa virulence présumée que par sa courte durée, à croire que M. de Washington était tombé bambin dans une jarre de Viagra posée à côté de son couffin, ce qui expliquait la force démultipliée du sexagénaire. Le site *Atlantico* s'empressa de diffuser le premier rapport de la police new-yorkaise :

> Lorsque la femme est entrée dans la chambre, l'occupant, un Blanc de soixante-deux ans, est sorti nu de la salle de bains, a maintenu sur le lit la femme et a inséré son pénis dans la bouche. L'homme a ensuite réglé sa note et a pris un avion.

La santé de M. de Washington était stupéfiante. La veille il avait essayé d'enjôler l'hôtesse de la réception, puis il enchaîna deux aventures féminines entre le soir et la nuit, dont l'une d'elles fut surprise par un témoin dans l'ascenseur. Les cartes magnétiques étant formelles, on sut que l'agression de l'employée de ménage n'avait duré que sept minutes tout compris, ce qui supposait une rapidité de Fregoli, et il le fallait pour sortir nu de la salle de bains, se précipiter sur la femme, se battre avec elle qui ne cria point, puis s'habiller, cravate et tout le reste, et filer avec ses bagages dans un taxi pour rejoindre l'une de ses filles dans une brasserie, entre la 51e et la 52e Rue, où ils déjeunèrent en y passant du temps. Avait-il pris la Guinéenne pour une call-girl, comme celles que lui aurait fournies Kristin Davis avant son arrestation pour proxénétisme ? Elle lui aurait déjà envoyé des filles du Midwest à joues roses, des Brésiliennes, pourquoi pas une Africaine plus grande que lui aux épaules carrées ? L'avait-il payée ? Pas assez ? Etait-ce une méprise ou savait-il son impunité dans ce Sofitel français duquel il était un client si régulier qu'on ne lui fit payer que 525 dollars une suite à 3 000 dollars ? La police scientifique recueillit les empreintes des jets de spermatozoïdes qui avaient fusé alentour, sur le col de la victime, sur les rideaux, sur la moquette, les draps, le plafond, le papier peint, le lavabo, les fauteuils, et qu'on découvrit appartenir aussi à des précédents clients qui avaient confondu cet hôtel de Times Square avec un lupanar douillet.

Notre Turbulent Monarque ne pavoisait pas, s'il jubilait. Au complaisant M. Bercoff, qui venait de composer un ouvrage à sa gloire que personne ne lut, il évoqua le Balbec de M. Proust et l'Etretat de

M. Leblanc, laissant éteint son fenestron, lequel diffusait en boucle des images de M. de Washington. Au Château, on se risquait à des confidences sur un tel bonheur, disant que cette inculpation était une défaite morale pour le Parti social qui, tout à sa défense de M. de Washington, en oubliait la victime, épousant ainsi le camp des riches Blancs contre celui des pauvres Noirs. D'autres se moquaient ouvertement de leurs adversaires : « M. de Washington pouvait dire qu'il avait parlé à M. Obama ; M. de La Corrèze, lui, en est réduit à son expérience des ramasseurs de champignons ! » Le Prince avait néanmoins l'humeur badine ; il pensait que le Parti social allait divorcer d'avec une large part de son électorat féminin qui défendait la femme de chambre : « Quel décalage ! disait-il. Et ma cote remonte, y a des frémissements, et puis y a quat'mille chômeurs de moins, la croissance elle repart, l'embellie elle se confirme et moi avec ! Faut laisser les sociaux s'dévorer entre eux, y savent faire, et leur élection primaire ça va les bousiller ! »

A cet instant qui parut propice, pour mieux appuyer la déconfiture de M. de Washington et le piétiner, la petite marquise de Banon le dénonça publiquement parce qu'il avait essayé de la violer huit ans plus tôt comme, disait-elle, un chimpanzé en rut. Cette blondinette frêle écrivait des romans sur elle et des articles chez *Atlantico* ; sa mère la poussait à réagir aujourd'hui puisque le prédateur était à terre, comme elle l'avait poussée naguère à le rencontrer car c'était un ponte. Cette mère, Mme Mansouret, vice-baronne du Parti social dans l'Eure, grande gueule, avait eu une brève idylle musclée avec M. de Washington ;

elle avait escompté s'en servir pour grimper dans la hiérarchie, voulant obtenir un poste sous le règne du Commodore Jospin, mais elle n'y parvint pas ; elle n'avait reçu en compensation qu'une médaille.

Pendant des semaines, dans la colère des uns et l'accablement des autres, on ausculta les puissants. On les peignait en cyniques, avides, obscènes, graveleux, arrogants et loin des réalités de chacun. Les femmes, là-dedans, figuraient en proies. Deux employées municipales de l'Essonne s'en prirent au duc de Draveil, M. Tron, un grand flandrin à mine avantageuse, aux cheveux gris et ratissés de près ; il avait l'air si convenable et si séduisant qu'il en ressemblait à ces mannequins des vitrines de mode, lesquels souriaient éternellement sur leurs socles ronds et roses. Bien qu'il fût ministre de Sa Majesté, le duc de Draveil avait une passion peu secrète pour les pieds, ce dont on causait en ville. Sous le prétexte de massages thérapeutiques il tripotait ceux qu'il voyait à sa portée, puis parfois ses mains s'égaraient en montant le long de la cheville, du mollet, de la jambe, de la cuisse... Le duc restait sûr de lui et de la réflexologie qu'il disait professer, sans le moindre diplôme, une médecine chinoise où les pieds représentaient à eux deux le corps humain en miniature ; grâce à des zones réflexes codifiées, on pouvait stimuler la rate, le foie, la vésicule, agir sur les insomnies ou le mal de dos. Fier de sa science, le duc affronta les accusations : « Je ne suis pas naïf, on cherche à faire écho à ce qui se passe de l'autre côté de l'Atlantique. » Il signifiait que les diatribes lancées contre M. de Washington donnaient à la fois des ailes, du courage et des idées aux deux employées licenciées, ou démissionnées, qui criaient au harcèlement. Les plaignantes résistèrent, elles livrèrent des détails, comme Laura qui se rendit chez le duc, alors député, pour dégoter un emploi : « Il me demanda un CV puis mes hobbies. J'évoquai l'acupression. Il se leva et me dit pratiquer la réflexologie, enleva ma bottine et me massa les pieds. J'étais interloquée mais bon, c'était un député. » Laura fut embauchée. Le duc organisa un repas avec d'autres femmes pour fêter son arrivée. « Il me fit du pied sous la table ronde, me les attrapa et les tripota. » Une autre fois, après un repas, quand les invités furent raccompagnés, une adjointe du duc verrouilla la porte. « Je me sentis prise au piège, dit Laura. Elle dégrafa mon chemisier, me fit un point au plexus solaire, je fus anesthésiée, puis M. le duc me prit la main pour que je touche Mme G. à la poitrine, tandis qu'il remontait ses mains sur mes cuisses puis plus haut et me mit un doigt. C'était un jeu entre eux, je rentrai pleine de honte chez moi, je me lavai jusqu'au sang avec la brosse à ongles. »

« Calomnies ! » s'écria M. de Draveil, et d'y déceler une machination ourdie par Mlle de Montretout et la droite extrême à laquelle il s'opposait dans sa commune. N'avait-elle point pour ami l'avocat des plaignantes ? Et les administrés qui militaient contre un splendide projet immobilier de tours, entre le quartier de Champrosay et la forêt de Sénart, en face de l'ancien potager de M. Alphonse Daudet, n'étaient-ils point des proches conseillers de Mlle de Montretout ? Réagissant à vif, le duc se sentait assuré de conserver son ministère, il s'en ouvrit au duc de Sablé qui le pria d'évaluer les conséquences politiques. Il ne comprit pas, s'accrocha quelques jours, alors que la justice s'emparait des plaintes et y donnait suite. Le duc de Sablé, agacé, ordonna alors au duc de Draveil de présenter sa démission, ce qui fut fait. Même s'il pesait très peu dans le gouvernement, le duc faisait tache quand ses collègues, pressés par Sa Majesté, professaient la morale. L'un d'eux le fit savoir : « Le Parti social va être empêtré pendant des mois dans l'affaire de M. de Washington. Nous, on retrouve de l'air. Pas question de laisser l'opération reconquête polluée par cette histoire. »

Relayant les incartades de M. de Draveil, et ne sachant point se retenir d'être volubile, le chevalier de Ferry accentua le délétère du climat, un soir sur les fenestrons où il était souvent convié car il posait sur toutes choses un avis circonstancié. Vulgarisateur ès philosophie, conférencier recherché par la chambre de commerce du Havre ou le Royal-Thalasso de La Baule, et dont l'ancien roi Chirac prétendait qu'il avait le sens politique d'une huître, le chevalier se crut à pérorer dans un salon où l'on distillait des perfidies, sans effet au-dehors, juste pour glousser. Il affirma fort clairement :

— Un ancien ministre se fit poisser à Marrakech lors d'une séance de jambes en l'air avec des petits garçons. Probablement, nous savons tous ici de qui il s'agit.

— Non point.

— Eh bien, moi, je sais, dit le chevalier avec un sourire de contentement. Cela m'a été raconté par les plus hautes autorités de l'Etat, en particulier le Premier des ministres.

Il précisa qu'au commissariat on se serait arrangé pour que le ministre fautif fût reconduit en avion, après les interventions du Consul et de notre ambassade à Rabat désireuse d'étouffer dès sa naissance un tel scandale. La rumeur avait soufflé avec force sur les invités de la soirée, puisqu'elle était vraisemblable, même si elle traînait depuis M. André Gide. Cela choqua de nombreuses oreilles. Le Maroc ouvrit une enquête, et le Parquet de Paris confia à la brigade des mineurs le soin d'interroger l'étourdi qui devint aussitôt très vague. A part ce fait non vérifiable, asséné comme une vérité par le chevalier, on apprit le lendemain dans des gazettes que cette activité insane était courante dans les bosquets des oasis et les riads de Marrakech. Plusieurs touristes se retrouvèrent bloqués pendant des heures par la police marocaine qui avait feint de découvrir semblable délit dans leur hôtel. Il n'y avait cependant rien de neuf dans la médina. A l'époque éloignée du Protectorat, le pacha du Maroc tirait l'essentiel de ses revenus des maisons closes, et ses rabatteurs offraient des danseuses de douze ans aux libidineux. Aujourd'hui régnait un pareil dévergondage. Des jeunettes arrivaient de Casablanca par trains entiers pour rejoindre les bandes de gamins qui se proposaient aux Européens entre deux âges, riches et égrillards, et les emmenaient dans les villas de la Palmeraie ou les bars du quartier de l'Hivernage avant de plonger derrière des buissons. Les autorités fermaient d'ordinaire les yeux sur ces pratiques connues, afin de ne point nuire au tourisme qui rapportait.

Avant que s'enlisât une procédure contre le trop bavard chevalier de Ferry, une nouvelle polémique faillit le tourmenter. Il donnait ses cours sur les fenestrons de préférence aux amphithéâtres, et plutôt que des polycopiés remettait des livres à ses éditeurs qui les faisaient fleurir pour un public plus large et plus rentable. On s'aperçut ainsi que le chevalier n'avait point professé à l'Université depuis des années, quoiqu'il fût rétribué chaque mois pour quatre mille quatre cent quatre-vingt-dix-neuf euros. Le président de la faculté autonome Paris-Diderot s'en émut et réclama une jolie somme au déserteur. Que croyez-vous qu'il arriva ? Rien. Le duc de Sablé, M. Fillon, dont le chevalier était un ami, paya la facture. Le Conseil d'analyse de la société où le chevalier avait été détaché relevait du Premier des ministres.

Les scandales s'enquillèrent au printemps avec constance. La feuilletonesque enquête sur les méfaits de M. de Washington, qui pourrissait la vie quotidienne du Parti social, fut un temps recouverte par les crimes du concombre espagnol. On dénombra dix-huit morts, cinq cents cas graves, deux mille malades qui avaient tous mangé du concombre en salade. Le légume fut sans délai accusé et, ne pouvant lui-même se défendre, il fut traité à l'unanimité de tueur en série. Les marchands durent jeter des bennes entières de cette malsaine cucurbitacée qui véhiculait une bactérie dont la souche n'avait été repérée qu'une seule fois en Corée du Sud. Les maraîchers andalous estimaient leurs pertes et protestaient. Un exportateur, un producteur, la ministre de l'Agriculture d'Andalousie croquèrent des rondelles de concombre en direct sur les fenestrons ibériques, mais la méfiance grandissait, les consommateurs boudaient aussi les tomates et les laitues, puis, coup de théâtre, on apprit que toutes les victimes de la bactérie avaient voyagé en Allemagne. Le concombre fut innocenté ; les savants suivirent la piste du germe de haricot, qui les mena dans une exploitation biologique de Basse-Saxe : les produits de cette ferme modèle provoquaient des diarrhées sanglantes et tuaient. Alors on parla de graines de soja, de haricots rouges et de tournesol. A Lille, la bactérie frappa un enfant. Misère ! D'autres gloutons dévoreurs de viande hachée surgelée furent contaminés dans le nord de la France et l'un d'eux tomba dans le coma. La bactérie tuait sous toutes sortes de déguisements. Seuls les Chinois nous dépassèrent en mangeaille toxique. Ils produisaient un lait ravageur au nitrate, du riz au cadmium, du vin frelaté, du porc au clenbutérol, du soja au nitrite de sodium et du miel au glucose de riz. Arrosées d'un mélange chimique qui devait augmenter leur taille, des rangées de pastèques explosèrent dans leurs champs comme des bombes.

D'autres modèles de bactéries empoisonnèrent le quotidien politique, la bactérie de l'envie, celle de la mauvaise foi et celle de la paranoïa active. M. Copé, duc de Meaux et gouverneur du Parti impérial, s'en prit à quiconque oserait affronter Notre Goulu Tyranneau lors de la Dispute du Trône de l'année à venir. Il inventa que les élections primaires n'étaient point dans nos mœurs et, pis encore, qu'elles étaient un danger pour nos libertés, puisqu'elles constitueraient un fichier géant de la population : « Vous imaginez les conséquences pour les agents municipaux ou les présidents d'associations qui ont des subventions, s'ils ne participent pas à cette parodie d'élection ? » Et de montrer ces réprouvés auxquels un maire ou un député social couperait les vivres. Le cardinal de Guéant s'engouffra dans ce filandreux raisonnement : « Le Parti social a demandé à avoir connaissance des listes électorales. Il y a un vrai problème concernant la possession des listes d'émargement après la consultation, c'est-à-dire les listes de ceux qui ont affirmé une sympathie à l'égard du Parti social ; cela va permettre d'obtenir un fichage des opinions politiques. » Pourtant, le Conseil de la Constitution, celui des Libertés et d'autres donnèrent leur accord pour cette consultation qui devait être pionnière. Le Parti impérial changea de registre en affichant un complet scepticisme et en répétant que ce serait l'occasion pour les sociaux de se chamailler et de se diviser. Eh oui, à quoi servait tout ce cirque, s'ils avaient un candidat naturel désigné par lui-même ? Notre Envieux Souverain passait pour incontesté parce qu'incontestable. Regardez-le. Il travaillait à notre bien et veillait avec une patience furieuse sur l'excellente note que nous accordaient les agences de notation internationales et privées, des financiers sans visage, des maîtres chanteurs adulés et craints, lesquels se comportaient comme les haruspices aux bonnets pointus de notre Antiquité ; ces incontrôlables charlatans flairaient, soupesaient, trituraient, observaient le foie ou le cœur de la volaille qu'ils avaient plumée et éventrée pour rendre un verdict avant de la cuire.

(*A suivre une dernière fois, espérons-le.*)

Table

Patrick Rambaud
dans Le Livre de Poche

Chronique du règne de Nicolas Ier n° 31704

« Même parvenu. Notre Précieux Souverain ne trouva point la paix en lui-même, tant il restait secoué en continu par des nervosités. Il ne bougeait que par ressorts. Si vous le retardiez dans sa course, vous démontiez la machine. Il marchait des épaules avec une façon personnelle de se dévisser le cou, remuant par courtes saccades. » Cette chronique raconte les premiers mois de notre nouveau souverain et de sa Cour, avec, pour respecter la tradition d'insolence de notre pays, un ton que j'ai voulu moqueur et distant.

Deuxième chronique du règne de Nicolas Ier n° 31618

C'est parce que nous sommes nombreux à souffrir votre règne, Sire, que j'ai entrepris de le raconter, afin qu'en demeurent les péripéties et, oserais-je le dire, une manière de trace. La plume m'en tremble entre les doigts, mais Votre Compulsive Grandeur doit comprendre que, selon les lois de la nature et celles de la politique, la pluie succède au beau temps. Voici venue pour Votre Omnipotence la saison des orages.

Troisième chronique du règne de Nicolas Ier n° 32027

La première Chronique fut scintillante et burlesque, quand la Cour s'installa. La Deuxième à la fois grave et ridicule, qui vit paraître la comtesse Bruni. La Troisième, que vous tenez en main, est plus sombre parce qu'elle présente un Souverain remodelé en Tarzan dans un pays devenu dépressif et répressif.

Quatrième chronique du règne de Nicolas Ier n° 32424

L'année qui court de l'été 2009 à l'été 2010 consacre la dégringolade de Nicolas Ier dans l'opinion. Les événements ne se succèdent plus pour s'effacer mais ils se chevauchent et restent en mémoire. De la cruelle estocade portée au duc de Villepin, en passant par les déboires du Prince Jean à l'Epad, ce ne sont que mensonges, rumeurs, coups de force et raclée électorale, jusqu'au feu d'artifice de l'affaire Woerth-Bettencourt que seules les vacances interrompent. (PR)

Du même auteur :

LA SAIGNÉE, Belfond, 1970.
COMME DES RATS, Grasset, 1980 et 2002.
FRIC-FRAC, Grasset, 1984.
LA MORT D'UN MINISTRE, Grasset, 1985.
COMMENT SE TUER SANS EN AVOIR L'AIR, La Table Ronde, 1987.
VIRGINIE Q., parodie de Marguerite Duras, Balland, 1988. (Prix de l'Insolent.)
BERNARD PIVOT REÇOIT..., Balland, 1989 ; Grasset, 2001.
LE DERNIER VOYAGE DE SAN MARCO, Balland, 1990.
UBU PRÉSIDENT OU L'IMPOSTEUR, Bourin, 1990.
LES MIROBOLANTES AVENTURES DE FREGOLI, Bourin, 1991.
MURUROA MON AMOUR, parodie de Marguerite Duras, Lattès, 1996.
LE GROS SECRET, Calmann-Lévy, 1996.
LES AVENTURES DE MAI, Grasset/Le Monde, 1998.
LA BATAILLE, Grasset, 1997. (Grand Prix du roman de l'Académie française, Prix Goncourt et Literary Award 2000 de la Napoleonic Society of America.)
IL NEIGEAIT, Grasset, 2000. (Prix Ciné roman-Carte Noire.)
L'ABSENT, Grasset, 2003.
L'IDIOT DU VILLAGE, Grasset, 2005. (Prix Rabelais.)
LE CHAT BOTTÉ, Grasset, 2006.

La Grammaire en s'amusant, Grasset, 2007.

Chronique du règne de Nicolas Ier, Grasset, 2008.

Deuxième chronique du règne de Nicolas Ier, Grasset, 2009.

Troisième chronique du règne de Nicolas Ier, Grasset, 2010.

Quatrième chronique du règne de Nicolas Ier, Grasset, 2011.

Tombeau de Nicolas Ier et avènement de François IV, Grasset, 2013.

Avec Michel-Antoine Burnier

Les Aventures communautaires de Wao-Le-Laid, Belfond, 1973.

Les Complots de la liberté : 1832, Grasset, 1976. (Prix Alexandre-Dumas.)

Parodies, Balland, 1977.

1848, Grasset, 1977. (Prix Lamartine.)

Le Roland Barthes sans peine, Balland, 1978.

La Farce des choses et autres parodies, Balland, 1982.

Le Journalisme sans peine, Plon, 1997.

Avec Jean-Marie Stoerkel

Frontière suisse, Orban, 1986.

Avec Bernard Haller

Le visage parle, Balland, 1988.

Fregoli, un spectacle de Jérôme Savary, *L'Avant-Scène Théâtre*, n° 890, 1991.

Avec André Balland

Oraisons funèbres de dignitaires politiques qui ont fait leur temps et feignent de l'ignorer, Lattès, 1996.

Composition réalisée par JOUVE – 45770 Saran

Achevé d'imprimer en janvier 2013 en France par
CPI BRODARD ET TAUPIN
La Flèche (Sarthe)
N° d'impression : 71503
Dépôt légal 1re publication : janvier 2013
LIBRAIRIE GÉNÉRALE FRANÇAISE
31, rue de Fleurus – 75278 Paris Cedex 06

31/7494/3